AF596449

INSTITUT DE FRANCE

ACADÉMIE FRANÇAISE

DISCOURS

PRONONCÉS DANS LA SÉANCE PUBLIQUE

TENUE PAR

L'ACADÉMIE FRANÇAISE

POUR LA RÉCEPTION DE

M. LOUIS BARTHOU

Le Jeudi 6 février 1919.

PARIS

TYPOGRAPHIE DE FIRMIN-DIDOT ET Cie

IMPRIMEURS DE L'INSTITUT DE FRANCE, RUE JACOB, 56

M D CCCC XIX

INSTITUT.
1919. — 4.

ACADÉMIE FRANÇAISE

M. Louis Barthou, ayant été élu par l'Académie française à la place vacante par la mort de M. Henry Roujon, y est venu prendre séance le 6 février 1919 et a prononcé le discours suivant :

Messieurs,

Lorsque M. Henry Roujon se décida à poser sa candidature au fauteuil de M. Henri Barboux, il s'inquiétait d'avoir à prononcer l'éloge d'un académicien dont la vie professionnelle lui était mal connue. Votre bienveillance m'a épargné un semblable embarras. J'ai assez fréquenté M. Henry Roujon pour que mes paroles n'empruntent rien à la complaisance d'un protocole traditionnel et j'ose presque espérer que vous y trouverez un témoignage.

Ce furent nos fonctions qui nous rapprochèrent. Il me souvient, après vingt-quatre ans, d'un voyage ministériel au pays des Félibres, dont le retour fut charmé par la conversation du directeur des Beaux-Arts. Je connus ainsi celui que jusqu'alors j'avais simplement rencontré. M. Henry Roujon était trop prudent, ou trop discret, ou trop modeste, pour se livrer, du premier coup, tout entier — il savait interroger, écouter et se taire — mais, témoin avisé, observateur sagace, psychologue pénétrant et ironique, comme il parlait délicieusement de tout et de tous! Je fus conquis par tant d'érudition aisée et par tant de verve gracieuse. Le temps développa notre amitié. Un Gascon et un Béarnais sont, quoique voisins, faits pour s'entendre et pendant vingt ans, je suivis, souvent d'assez près, la carrière, parfois tourmentée, mais toujours brillante, de M. Henry Roujon.

En l'appelant au milieu de vous, vous aviez comblé le vœu le plus secret et le plus cher de sa vie. Sans rien renier de son passé de fonctionnaire, qui lui avait ouvert les portes d'une section voisine, il était fier d'avoir été traité par vous en homme de lettres. Cet hommage le flatta jusque dans ses derniers jours. Peu de mois avant sa mort, je pus mesurer la place que l'Académie avait prise dans ses pensées. Il s'intéressait avec passion à vos choix. Si je rappelle qu'à ce moment une candidature l'obsédait, dont il me parla avec une sollicitude véhémente, c'est pour avoir l'occasion de saluer en lui cette vertu de l'amitié qu'il prisait et portait si haut. La boutade de Renan, dans ses *Souvenirs d'enfance et de Jeunesse*, contre les « amitiés particulières », lui avait paru un blasphème, dont il s'était indigné. M. Henry Roujon était un ami incomparable. L'amitié, qui se détermine par les raisons du cœur, m'a toujours paru renfermer les meilleures qualités de l'homme. Elle exige la loyauté, la fidélité, le dévouement désintéressé, la bonté attentive, la parole scrupuleuse, le courage, et, au besoin, le sacrifice. M. Henry Roujon sut associer aux multiples richesses de son esprit toutes ces vertus, fortes ou délicates, de l'âme. En me confiant son éloge, vous avez augmenté le prix de votre faveur.

Ma reconnaissance se mesure au vif désir que j'avais d'être des vôtres. L'Académie a toujours tenté les hommes politiques. Déjà en 1867, Sainte-Beuve trouvait qu'elle les tentait trop. Moins sévères que lui, vous n'avez pas craint, en m'accueillant, une invasion parlementaire, favorisée par la camaraderie. Si, depuis mon élection, vous avez ouvert vos rangs, avec un éclat digne de vous et de lui, à un autre homme politique, la noble camaraderie par laquelle il a été appelé au milieu de vous est celle du pays tout entier, qui a su gré à son patriotisme indomptable de l'avoir, avec les grands chefs et les grands soldats de l'armée nationale, aimé et servi, défendu et sauvé. Pour ma part, je vous dois la seule joie que la vie pût me donner encore. Elle m'a flatté dans mon amour-propre, mais elle m'a surtout ému jusqu'au fond du cœur. Messieurs, je vous remercie tout à la fois de l'honneur et du bien que vous m'avez faits.

M. Henry Roujon n'envisageait pas la vie comme une idylle. Mais il ne pensait pas non plus qu'elle fît inéluctablement faillite à ceux qui relevaient son défi. Au contraire, il disait qu'une âme forte est le plus souvent l'ouvrière de sa destinée. Il eut cette âme et, comme il l'a écrit de plusieurs autres, on peut dire dé lui que, par bien des côtés, sa vie fut son chef-d'œuvre. Admirateur fervent de Montaigne, il n'eût pas goûté comme un hommage médiocre l'application à son existence de ce passage des *Essais* : « Les plus belles vies, sont, à mon gré, celles qui se rangent au modelle commun et humain, avec ordre, mais sans miracle, sans extravagance. »

Il mit de l'ordre dans la sienne, qu'aucun miracle n'enchanta et qu'aucune extravagance ne troubla, mais il n'eut pas à la faire tout entière. Il devait beaucoup aux siens et il leur rendit justice, deux ans avant sa mort, dans ces *Souvenirs*, vivants et exquis, mais malheureusement inachevés, où l'esprit se pare de toutes les grâces du cœur. Né à Paris le 1er septembre 1853, M. Henry Roujon était-il Parisien? S'il faut, pour l'être, et par analogie avec une définition du Code civil pour la nationalité, être né à Paris d'un père et d'une mère qui eux-mêmes y sont nés, il aurait eu quelque peine à justifier cette qualité. Plusieurs races s'étaient rencontrées et fondues en lui, au milieu desquelles, du côté paternel, le Midi prédominait. Son grand-père était Dauphinois, son père Gascon, sa grand'mère de lointaine origine espagnole. Du côté maternel, il avait reçu du sang breton et du sang créole. M. Henry Roujon tirait une moindre vanité de la variété de ses ascendants que des vertus qui leur étaient communes. Quand il écrivait leur histoire, il n'avait pas, comme le poète hautain des *Destinées*, l'illusion orgueilleuse de les faire descendre de lui. C'est vers eux qu'il remontait pour reporter à leur vaillance et à leurs efforts l'honneur du sort facile dont il jouissait. « Toutes mes hérédités, a-t-il écrit, m'engageaient sur la voie droite. » Il lui plaisait, d'autre part, de rappeler ses origines ouvrières et paysannes, avec lesquelles s'accordaient ses sentiments intimes. Quand il citait, en l'excusant de n'avoir pas l'élégance académique, le mot de Spuller : « M. Gambetta et moi, nous avons la démocratie dans la tripe », il me semble qu'il le faisait sien. D'ailleurs, il aimait trop le peuple, et avec trop de sincérité, pour le flatter en proclamant son infaillibilité collective. Il le servait par la vérité, et avec la robuste franchise qu'il avait héritée des siens.

Son grand-père paternel, en quittant le Dauphiné pour le tour de France, était ouvrier ébéniste. Il ne revint ni au pays natal ni à sa profession. Les voyages forment la jeunesse, mais il arrive aussi qu'ils la fixent. Deux beaux yeux sont, en tout pays, une douce attirance, mais quand la flamme espagnole attise leur espièglerie gasconne, ils sont irrésistibles. Le grand-père de M. Henry Roujon rencontra à Vic-Fezensac cette heureuse fortune, qui lui fit abandonner ses Alpes majestueuses pour le cours chantant de la Losse. Il se maria et il ouvrit une petite boutique. Le ménage et le magasin réussirent. L'autorité paternelle s'exerçait dans ces pays de langue d'oc, à la romaine, bienveillante certes et équitable, mais habituée à donner des ordres plutôt que des raisons. Le bonhomme Roujon, comme l'appelaient avec familiarité ses clients des gentilhommières voisines, aurait volontiers poussé ses six garçons vers le commerce. Trois eurent la vocation; mais les trois autres s'y dérobèrent, l'un pour devenir avoué, l'autre pour entrer dans les ordres et dans l'enseignement, le dernier pour exercer la médecine.

Celui-ci fut le père de M. Henry Roujon. Il s'était formé lui-même, avec une ténacité dont il transmettra mieux que l'exemple à son fils. Préparer seul son baccalauréat, à Vic-Fezensac, sous Louis-Philippe, il faut avoir, même plus tard, vécu jeune dans un coin reculé de province pour savoir ce qu'un semblable effort représente. Emporté ainsi de haute lutte, ce premier grade désarma le quincaillier rebelle et conduisit son fils, avide de s'instruire et de se frayer sa voie propre, jusqu'au diplôme de docteur en médecine. Je me figure le docteur Roujon comme un homme de haute conscience et de souriante correction, attaché à ses devoirs, fier de sa profession, aimé de ses clients, adoré des siens, auxquels le disputaient les exigences et les absences d'un métier trop absorbant. Ainsi appelé et occupé au dehors, il dut abandonner à sa femme la surveillance et l'éducation de leur enfant. La mère de M. Henry Roujon s'acquitta de cette tâche avec une compétence, une autorité et un bonheur dont on serait surpris si sa propre éducation et sa nature d'élite ne suffisaient à expliquer ce succès. Elle était, d'instinct, éducatrice. Fille d'un commandant de marine, elle était née à la Martinique, où, à l'âge de six ans, elle perdit sa mère. La mort de son père, qui l'avait ramenée en France, la laissa trop rapidement orpheline. Les croix de la Légion d'honneur et de Saint-Louis, que ses services avaient values à l'officier de marine, lui ouvrirent les portes de l'une des maisons d'éducation de l'Ordre. Elle y resta, également choyée par ses maîtresses et par ses camarades, jusqu'à l'âge de dix-huit ans. Les souvenirs de ce pensionnat, où elle reçut une instruction variée et solide, lui furent toujours particulièrement chers. Le petit Henry reçut sur les genoux de sa mère ses premières leçons. Quoiqu'elle exigeât beaucoup de son intelligence déjà très vive, elles lui laissèrent le souvenir ineffaçable d'études poursuivies dans la joie. Malheureusement, l'éducation maternelle fut remplacée par un « ergastule odéonien », où des Polonais, que la mode mettait partout, donnaient, avec un accent incompréhensible, des leçons de français et de latin. M. Henry Roujon a évoqué dans *Miss*, une courte et suggestive nouvelle, les souvenirs de » ce pénitencier bourgeois », où il vécut trois ans. La pédagogie collective lui avait donné le frisson. Elle lui fut un supplice quand elle s'aggrava pour lui, au lycée Napoléon, des tristesses sévères du pensionnat. Sa mère, enfermée à Saint-Denis, y avait goûté autant de joie qu'un cœur d'orpheline peut en connaître. Ce bonheur valut à son fils l'erreur d'un internat auquel il garda jusque dans l'âge d'homme une rancune tenace. Fut-il, au fond, aussi malheureux qu'il le disait? Je crois qu'il souffrit fut surtout à distance. Quand nous nous racontons, même avec une entière bonne foi, nous projetons sur le passé les sentiments contemporains de l'heure où nous le décrivons. Notre âme n'est jamais entièrement la même.

L'un des amis les plus chers de M. Henry Roujon, son camarade au lycée Napoléon, me l'a dépeint sous des traits qui déjà, à l'âge de douze ou treize ans, fixent sa physionomie. Il tranchait sur ses camarades par une individualité marquée, un esprit clair et décidé, un ton résolu, une curiosité sans cesse excitée, que d'abondantes lectures alimentaient et fouettaient. La physionomie à arêtes vives, la peau colorée, il montrait des dents de jeune loup chaque fois qu'il riait, et — fiez-vous maintenant aux souvenirs de la soixantaine ! — son ami ajoute qu'il riait toujours. Quand il découvrit Gérard de Nerval et l'Orient, ce fut son Baruch, à l'occasion duquel sa manie d'interroger se donna libre carrière. Fureteur de bibliothèques, ardent à la discussion, il avait déjà un sens aigu de l'observation et un tour d'esprit humoristique auxquels les contrastes et les ridicules n'échappaient pas.

En se développant, il resta lui-même. C'est à tort qu'il s'est accusé d'avoir été « un indigne et fort médiocre humaniste ». Il n'est pas moins injuste pour lui qu'il ne l'est pour ses maîtres du lycée Napoléon et du lycée Saint-Louis. L'enseignement secondaire se proposait moins alors d'accabler l'esprit sous une encyclopédie que de lui donner une méthode. Il n'était pas question de tout savoir, mais seulement d'être rendu apte à tout comprendre. On savait quelle force de vie renferment les langues mortes. Le latin n'était pas traité comme un vain ornement, que dédaignaient des préoccupations utilitaires : les maîtres de l'enseignement proclamaient et pratiquaient sa vertu éducatrice. Les belles-lettres étaient en honneur pour former les esprits et pour forger les caractères. On pensait, à l'exemple de Descartes et de Pascal, qu'elles n'étaient même pas inutiles aux sciences. Nous avons réformé tout cela. Je me garde bien de nier que certaines réformes fussent nécessaires. Mais il ne suffit pas d'innover pour progresser et je sais quelques prétendus progrès qui sont sujets à revision. Il n'est trop tard pour aucun examen de conscience. Sortie victorieuse de la plus terrible épreuve qui se soit jamais abattue sur elle, mais douloureusement meurtrie par une invasion sauvage, la France, peut, en toute liberté, avec la liberté que donnent l'héroïsme et la gloire, examiner les problèmes que pose sa reconstitution. La réorganisation de son enseignement secondaire est un de ces problèmes. J'y voudrais moins d'utilitarisme immédiat, mal compris d'ailleurs, et plus de cette large *humanité* dont M. Henry Roujon sentait les vertus bienfaisantes au milieu même d'une démocratie. Le baccalauréat est un diplôme. Ce serait beaucoup, si ce n'était rien! Il y a même plusieurs baccalauréats, dont il s'en faut que la variété ait rehaussé la valeur! Combien je leur préférerais un examen de culture générale, qui ouvrirait la voie, une voie sévèrement gardée, aux aptitudes spéciales. Chacun y trouverait son compte, et ainsi l'intérêt public ne perdrait rien aux jeux librement dispersés des vocations particulières.

Il est vrai que les enfants n'ont pas seuls le choix de leur carrière. Le docteur Roujon, mal mis en garde par son propre exemple contre le danger des fausses vocations, voulut faire de son fils un avoué. Était-il repris, à son insu, par une hérédité dauphinoise? Les Dauphinois avaient l'esprit processif. Avant la Révolution, leurs enfants n'étaient, le plus souvent, attachés à la charrue qu'après avoir passé un ou deux ans chez un procureur, dans les exploits judiciaires, qu'ils mettaient au net. M. Henry Roujon n'était pas, sur ce point, de la race de son grand-père. Il était né batailleur, mais l'escrime du journalisme, à laquelle il se livrait déjà sur les bancs du lycée, le tentait plus que celle de la procédure gros.

soyée. Il fut un mauvais clerc d'avoué. Il passa sans allégresse des examens, heureusement assez faciles, sur des matières abruptes, auxquelles il était rebelle, et il devint licencié en droit. La barre, qu'il aborda une seule fois, ne lui réussit guère. Pourtant, il avait des dons. Est-il un Gascon qui ne sache pas parler, ou qui n'aime pas à parler? Né à Paris dans le quartier des Halles, — c'est aussi un quartier où l'on parle, — M. Henry Roujon n'en était pas moins, de race et de tempérament, un cadet de Gascogne, à la langue bien pendue. On le vit quelque vingt ans plus tard,

> Œil d'aigle, jambe de cigogne,
> Moustache de chat, dents de loups,

haranguer, dans une tournée triomphale des Cadets aux pays d'Oc, les municipalités, les sociétés, les comités, toujours prêt à la riposte, improvisateur avisé, abondant en malices, en verve communicative, en fantaisies légères ou en pensées profondes. On le savait écrivain : il se révéla orateur. Mais sa vraie vocation était dans les lettres, qu'il aimait avec passion. De qui tenait-il ce goût? Toute sa famille, y compris les oncles commerçants, y avait contribué. L'oncle Jean, homme rude et bon, faisait voisiner sur ses rayons, avec des traités d'agronomie, le *Cours familier de littérature* de Lamartine. L'oncle Barthélemy était non seulement l'abonné, mais le lecteur fervent, de la *Revue des Deux Mondes*, dont il avait fait le temple habituel de ses dévotions littéraires. L'oncle François reçut de la lecture des *Confessions* un coup de foudre qui le jeta dans l'admiration et dans la fréquentation de Rousseau. Il était le parrain du jeune Henry, qui nous l'a dépeint comme un « Gascon solide, très vivant, aux saillies spontanées, d'esprit ouvert ». Ce portrait ressemble si bien à un autre que c'est le cas de dire : tel parrain, tel filleul. Avec l'oncle Honoré, avoué à Toulouse, mais plus littérateur que basochien, M. Henry Roujon avait pris le goût du théâtre, si vif dans la cité languedocienne. Dirai-je enfin que son oncle l'abbé, en flânant avec lui « par les jolis soirs lourds de Gascogne sur les bords de la Gimone au flot clair », dut lui révéler, peut-être hélas! dans les vers de Delille, les beautés des *Georgiques,* qu'il adorait? Ces quatre oncles de Gascogne valaient bien un oncle d'Amérique. M. Henry Roujon passait chez eux ses vacances, tantôt chez l'un, tantôt chez l'autre, mais à Paris, chez ses parents, il ne recevait pas une moindre initiation. Son père avait pour Victor Hugo un culte d'idolâtrie. Sa mère préférait Lamartine. Le romantisme ne faisait pas tous les frais de leurs discussions, où ils opposaient, dans des parallèles raffinés, Rousseau à Voltaire et Racine à Corneille. Il faut ajouter, pour tout dire, que Béranger, avec ses odes patriotiques, non moins chères à l'ancienne pupille de la Légion d'honneur qu'au carabin des *Trois Glorieuses*, était un des demi-dieux de la maison.

Peut-on s'étonner qu'ainsi baigné de littérature, M. Henry Roujon sentît se développer en lui le goût irrésistible et la vocation impérieuse des lettres? Il n'attendait qu'une occasion pour se libérer de la basoche. Elle lui fut fournie par Catulle Mendès, qui le fit entrer dans une revue nouvelle, *la République des Lettres*, dont le titre, à la fois constitutionnel et littéraire, avait l'ambition de grouper tous les jeunes talents. M. Henry Roujon en devint le secrétaire de la rédaction sous le pseudonyme d'Henry Laujol. Ce fut dans sa vie un évènement considérable, qui la transforma. Quand il en parlait plus tard, bien plus tard, il y avait encore de l'émotion sous son ironie légère. Le voisinage, au revers de la couverture bleue, de son nom inconnu à côté de ceux de Leconte de Lisle, de Gustave Flaubert, de Léon Cladel et de Léon Dierx, suffirait à expliquer que ce jeune homme de vingt-deux ans fût fier de s'engager sur la voie littéraire avec de tels compagnons. Ce fut une magnifique floraison, dans laquelle Victor Hugo daigna jeter un jour le bouquet d'une poésie inédite. Quelles richesses, quelles promesses, quels talents dans les cinquante-cinq livraisons qui, du 20 décembre 1875 au 3 juin 1877, jalonnèrent la brillante existence de *la République des Lettres!* Si j'ai bien su compter, huit de ses collaborateurs devaient appartenir à votre Compagnie. Leconte de Lisle, Sully Prudhomme, François Coppée, de Heredia et M. Henry Roujon sont morts. Mais vous avez encore la joie et la gloire de posséder au milieu de vous MM. Anatole France, Paul Bourget et Jean Richepin. Se rappellent-ils ces débuts? M. Jean Richepin chantait, avec un art audacieux, les strophes ardentes et nuancées des premières *Caresses*. M. Paul Bourget, que le roman n'avait pas encore enlevé à la poésie, racontait, en artiste et en psychologue, au cours d'un poème douloureux et délicat, le martyre de la marquise de Morède, effrayée de découvrir dans sa fille le mal qu'elle avait elle-même hérité de sa mère, et dont elle se mourait. M. Anatole France évoquait

la mer voluptueuse où chantaient les Sirènes

pour célébrer, dans sa *Leuconoé*, en vers aisés, larges et mélodieux, les femmes de Rome, qui, lasses des dieux latins, sentaient monter vers elles, au milieu des sanglots, le souffle divin du Roi des temps nouveaux.

Encouragé par l'exemple de ses camarades de revue, gagné et soutenu par leur sympathie, Henry Laujol s'essayait aussi au jeu des rimes. Le poète en lui mourut jeune, mais je serais surpris, si, en lui survivant, l'écrivain, qui s'était condamné à la prose, n'avait pas eu parfois le regret d'un trop précoce suicide.

La République des Lettres, qui se disait, avec une audace tranquille, assurée d'une longue existence, avait pour programme tous les éléments d'une vaste encyclopédie. Henry Laujol y collabora, sous une rubrique qui avait pour titre : *Les Abeilles* — ailes d'or et flèches de flamme — par des essais variés de critique littéraire et artistique. Il admirait les talents outranciers, Émile Zola, dont il recueillit *L'Assommoir*, qui avait effarouché la pudeur des lecteurs du *Bien Public*, et Baudelaire, qu'il tenait pour « divin » et qu'il opposait à « la multitude des sots ».

Ainsi exalté par la littérature extrême, est-il surprenant que la jeune audace d'Henry Laujol exerçât son ironie piquante et exhalât son mépris immodéré contre les institutions ou les hommes de l'autre bord? Francisque Sarcey, le Conservatoire, les théâtres subventionnés, la *Revue des Deux Mondes*... et l'Académie virent pleuvoir sur eux l'essaim irrité des abeilles. Quand le secrétaire de *la République des Lettres* blasphémait contre l'Académie, il était évidemment injuste, mais surtout, quelle imprévoyance dans son injustice! Il eût été bien surpris, et d'ailleurs peut-être indigné, à l'heure où il parlait avec une ironie irrespectueuse de « la crèche spéciale que l'on appelle l'Institut de France » si un devin lui avait annoncé que cette crèche lui réserverait, au cours de sa brillante carrière, la gloire d'un double asile. Je dois, d'ailleurs, reconnaître qu'il n'attendit pas d'être des vôtres pour avouer et pour expier ses torts.

Quoique, parfois, un peu courts de souffle, les articles du secrétaire, et ensuite du rédacteur de *la République des Lettres* témoignaient d'un travail assidu et promettaient une personnalité. Je ne dirais pas tout le bien qu'ils méritent si je ne louais aussi leur courage. Henry Laujol avait en tout une telle volonté d'être équitable que l'indépendance de son jugement finissait par dominer ses partis pris. Il avait le droit de ne pas aimer l'*Hetman*, de Paul Déroulède, mais il ne songea pas à rabaisser l'homme par l'œuvre. Tout au contraire, il rendit hommage à son caractère et à mainte action valeureuse. « Je considère que M. Paul Déroulède, écrivait-il, a très noblement rempli son rôle d'homme, et j'ai pour lui la plus haute estime. Certes, si toute notre jeunesse avait eu dans l'âme le feu sacré qui brûle ce vaillant soldat, nous n'aurions peut-être pas vu les barbares au pied de l'Arc de Triomphe. » Il faut retenir, maintenant que le jour de gloire est arrivé, cette forte parole, prononcée dans l'amertume humiliante de la défaite. La clairvoyance patriotique de Paul Déroulède, sa ténacité que rien ne put briser, sa confiance que rien ne put ébranler, son courage que rien ne put abattre, appartiennent à l'histoire nationale, dont il fut l'interprète passionné et le serviteur loyal. Quand les armées alliées, en passant sous l'Arc de l'Étoile, purifieront de la souillure germanique l'allée triomphale, faisons sa juste part à l'apôtre enflammé de la revanche dans l'apothéose magnifique dont il sera malheureusement absent.

Le dernier article de M. Henry Roujon, consacré à la défense de la deuxième partie de la *Légende des Siècles*, parut le 29 avril 1877 dans *la République des Lettres*, qui n'avait plus qu'un mois à vivre. Sa collaboration s'était, depuis quelque temps déjà, faite plus rare. C'est que d'autres soins l'occupaient. Pressé par la nécessité de vivre et de se créer une carrière moins éphémère que celle d'une revue, il était, depuis le 30 juin 1876, employé au ministère de l'Instruction publique, où un avancement rapide, dû uniquement aux services rendus, le porta, en 1881, jusqu'aux fonctions de chef de bureau du cabinet, qu'il exerça pendant dix ans.

Au cours de cette période de quinze ans, le ministère de l'Instruction publique changea treize fois de titulaire. Qui hésiterait à dénoncer cette instabilité comme un fléau? Elle interdit tout plan d'ensemble, tout travail de longue haleine, toute continuité dans l'effort. Que peuvent, pour l'éducation nationale, malgré l'étendue de leur esprit et leur aptitude aux vastes problèmes, un Berthelot et un Paul Bert, — je ne cite que les plus grands, — s'ils sont condamnés, par une solidarité injuste et meurtrière, à disparaître au bout de quelques mois ou de quelques semaines, avant même d'avoir dressé le plan de leur œuvre? Seul Jules Ferry, qui revint à trois reprises à l'Instruction publique, eut une durée suffisante pour vouloir, pouvoir et agir. Trois ans de ministère lui permirent de réaliser un programme et d'en faire passer les principes et l'exécution dans des lois organiques, qui vivent encore. Je n'ai pas ici à apprécier ces lois, mais ce serait mal me comprendre et mal me connaître que d'exploiter comme un désaveu une discrétion que seul un haut souci d'union m'inspire. Du moins, me sera-t-il permis de dire, sans blesser aucune conviction ou aucune croyance, que Jules Ferry avait l'âme d'un chef et le caractère d'un homme d'État. Appelé auprès de lui, par un choix dont il était digne, successivement comme attaché, comme secrétaire particulier, comme sous-chef ou chef de bureau du cabinet, M. Henry Roujon fut, au sens traditionnel et élevé du mot, un *commis* exemplaire. J'ai lu, dans un discours qu'il prononça sur la tombe d'un de ses collaborateurs, un passage dont je suis assuré de ne forcer ni le sens ni l'intention en le lui appliquant : « Attendant patiemment son heure, toujours prêt aux tâches les plus ingrates, il ne s'acquittait jamais mieux d'une besogne que quand il la jugeait secrètement au-dessous de lui-même. Il était de ceux qui estiment que le service de l'État ennoblit le serviteur et qu'il n'est rien de plus beau que d'obéir quand le maître s'appelle l'intérêt public. »

Esclave de cet intérêt, M. Henry Roujon n'en séparait pas la littérature, qu'il était au bon endroit pour servir.

Les écrivains trouvèrent en lui un allié précieux, dont le concours ne se refusait jamais. Guy de Maupassant fut un de ceux qui éprouvèrent cette cordiale bienveillance. Il était passé du ministère de la Marine à l'Instruction publique, où Bardoux l'avait attaché. Il y retrouva M. Henry Roujon. Leurs relations dataient de *la République des Lettres*. Un jour, Catulle Mendès avait donné au secrétaire de la rédaction quelques centaines de vers intitulés *Au Bord de l'eau*, qui racontaient les amours, achevés en drame, d'un canotier et d'une blanchisseuse. Les vers, tantôt lâchés et tantôt rudes, les métaphores faciles, les rimes négligées, de ce poème brutal et vulgaire choquèrent vivement Henry Laujol, que l'école parnassienne, dont il était l'enfant de chœur dévot et exigeant, avait habitué, sur d'autres sujets, à d'autres procédés. S'il n'avait dépendu que de lui, et bien qu'il soupçonnât une personnalité sous le pseudonyme de Guy de Valmont, il n'aurait pas inséré une pièce où tout le heurtait. Mais le poète, dont Mendès lui révéla le nom véritable, avait Flaubert comme protecteur, et la copie passa. Entre Henry Laujol et Guy de Valmont, l'entente ne s'était pas faite tout de suite, mais dès qu'ils se connurent, M. Henry Roujon et Guy de Maupassant furent d'excellents camarades. Au ministère de l'Instruction publique, ils voisinaient d'un bureau à l'autre, et ils devinrent des amis. Bien noté, expédiant rapidement sa besogne, observateur profond, s'appliquant à toujours mieux écrire, Guy de Maupassant conciliait, avec un art heureux et une habileté aisée, ses devoirs de fonctionnaire et son ambition littéraire. *Boule de Suif*, dont ses camarades du ministère avaient eu l'éblouissante primeur, lui conquit une célébrité immédiate et des propositions avantageuses. Lié par un traité avec un journal, il voulait pourtant réserver l'avenir et ne pas abandonner tout à fait l'asile du ministère. Un congé d'un an était nécessaire. Ce fut M. Henry Roujon qui obtint la signature de Jules Ferry. Il conserva la juste fierté d'avoir rendu aux lettres un grand écrivain.

Lui-même il consacrait à la littérature les rares loisirs que ses fonctions lui laissaient. Deux études parues en 1883 dans la *Jeune France*, l'une sur Villiers de l'Isle-Adam, à propos du *Nouveau Monde*, l'autre sur Ernest Renan, à l'occasion des *Souvenirs d'Enfance et de Jeunesse*, attestaient une maturité d'esprit, un sens critique, une impartialité courageuse et une élégante clarté de style qui leur valurent d'être remarquées. Trois nouvelles suivirent : *Miss*, *le Docteur Modesto* et *Miremonde*. Les deux premières étaient des essais. *Miremonde*, « au nom sonore et triste », n'était pas loin d'être un petit chef-d'œuvre. Après Molière, lord Byron et Musset, M. Henry Roujon s'essayait au sujet de Don Juan.

> Si vaste et si puissant qu'il n'est pas de poète
> Qui ne l'ait soulevé dans son cœur et sa tête,
> Et pour l'avoir tenté ne soit resté plus grand.

Je ne doute pas que les strophes célèbres de *Namouna* n'aient suggéré à M. Henry Roujon cette version nouvelle de l'ancienne légende, où Don Juan, vieillissant dans le château de Miremonde, expiait par un douloureux remords la honte et le malheur d'avoir compris et aimé trop tard une Elvire jeune, sincère et héroïque. M. Henry Roujon a mis dans ce court récit toutes les ressources d'un art consommé, d'une expérience précoce et d'une psychologie profonde. Les paysages sobrement décrits, les dialogues enlevés de verve, les récits finement nuancés, expliquent l'admiration que M. Alexandre Dumas fils témoigna à cette œuvre délicate et forte. La préface de l'auteur dramatique a plus vieilli que le « conte moral » de M. Henry Roujon. Je me suis assuré, en relisant celui-ci, qu'il n'a rien perdu de son charme original, et je tiens sa durée pour certaine. Ne suffit-il pas quelquefois d'un conte ou d'un sonnet pour imposer un nom aux sévérités judicieuses de la postérité?

Après s'être ainsi essayé dans la nouvelle, M. Henry Roujon revint à la chronique, où il avait fait ses premières armes, et qui devait fixer sa fortune littéraire. C'est un genre où il est donné au premier bavard de plume venu d'être médiocre. Mais, pour y réussir, il ne suffit pas d'avoir de l'assurance et de la souplesse, il y faut une culture étendue et sérieuse, un esprit vif et rapide, de la sagacité, de l'observation, une pointe de philosophie. Les lettres de Mme de Sévigné, ces inimitables merveilles, ne sont, à les bien prendre, que des chroniques par correspondance, et je n'hésite pas à en dire autant des *Lettres persanes* elles-mêmes, qui sont la chronique amusante, malicieuse et profonde, des dehors et des dessous de la vie de Paris.

De 1888 à 1891, M. Henry Roujon confia à la *Revue bleue* ses impressions sur les hommes et sur les choses, sous le pseudonyme d'Ursus, qui cachait et abritait sa situation administrative. Il n'a pas publié ses « Ourseries » en volume. Pourtant beaucoup auraient mérité de survivre. L'ensemble présente une extraordinaire variété et la plume de M. Henry Roujon se joue avec une ironie aisée, délicate et au fond peu méchante, dans tous les sujets que l'actualité lui apporte. Sa passion est de bonne foi et sa sévérité n'est vindicative que s'il faut défendre un intérêt public. Qu'il s'agisse du *Journal des Goncourt* ou de la correspondance de Flaubert, de Camille Desmoulins ou de Lamartine, de Mme de Staël ou de Mgr Lavigerie, d'Alexandre Dumas fils ou de J.-J. Weiss, de Théodore de Banville ou d'Octave Feuillet, de Talleyrand ou de Lucien Bonaparte, l'ours s'approche, méfiant, prudent et adroit. Il flaire, s'écarte et revient, il appuie ses pattes sur la proie, il la retourne et il la pèse, mais ses dents et ses griffes sont rarement meurtrières.

Ce qui domine, chez cet écrivain épris d'art et de lettres, c'est l'amour de la France. Quand il dit : « L'heure peut venir où nous aurons besoin de toutes nos gloires », il ne prononce pas une phrase banale, il énonce une profession de foi. Fils de la Révolution, il rend hommage à la royauté et aux grands ouvriers qui façonnèrent, sous l'ancien régime, l'unité française. Républicain, il n'a pas la sottise de nier le génie et de dénigrer la vie de Napoléon. M. Henry Roujon est juste pour toutes les gloires nationales, sans souci des noms qu'elles portent ou des bannières qu'elles arborent. « Les partis, quels qu'ils soient, dit-il, trouvent peu de profit à remuer les vieilles horreurs de l'histoire. Il est, par bonheur, dans tous les camps, quelques exemplaires d'une humanité supérieure dont le souvenir apaise et console. » Il se plaît à évoquer ces souvenirs. Indulgent, non par faiblesse, mais par souci d'être impartial, aux erreurs du dedans, il sait porter au dehors, surtout chez nos ennemis, dont il s'inquiète, un regard ferme et clairvoyant. En 1890, il refuse de s'apitoyer, malgré la brutalité du procédé impérial, sur Bismarck congédié, dont il dit, avec une force singulièrement prophétique, « que l'on saura seulement s'il est grand quand l'humanité fera ses comptes ». Et un an après, il arrache d'un mot vengeur son masque de cabotinage à l'empereur Guillaume II, qu'il appelle « un Charlemagne pour villes d'eaux ».

A cette heure, l'humanité a fait ses comptes. Le maître renvoyé et le disciple révolté, responsables du sang injustement versé, sont voués, l'un et l'autre, au mépris de la conscience universelle. Mais, tout de même, le chancelier de fer, malgré son œuvre lamentablement écroulée, avait une autre allure que l'empereur dégénéré, hypocrite et lâche, vers lequel montent, d'un bout du monde à l'autre, dans un cri d'inexorable justice, les malédictions de millions de morts.

L'écrivain et le fonctionnaire se conciliaient chez M. Henry Roujon, dont la nature était solidement équilibrée, dans une harmonie parfaite. Quoi qu'il fît, il mettait la même conscience à accomplir son devoir. En 1886, un directeur de Cabinet, qui lui donnait des notes élogieuses, lui promettait « beaucoup d'avenir dans l'administration ».

Cette prédiction commença à se réaliser par la nomination de M. Henry Roujon à la direction des Beaux-Arts, le 20 octobre 1891. Il y remplaçait M. Larroumet, que

M. Lockroy, dont il était le chef de cabinet, y avait appelé, après avoir vainement cherché au dehors un choix qui lui parût meilleur. M. Larroumet avait hésité, mais il dut subir un ordre « auquel son ministre savait donner la forme d'un désir ». L'heureuse aventure de M. Larroumet fut en tous points celle qui advint à M. Henry Roujon. M. Léon Bourgeois, ami des lettres et des arts, le surprit par une proposition à laquelle il n'avait jamais pensé. Il résista, alléguant son incompétence, sa sensibilité trop vive et les dangers, dans une semblable fonction, de ce que sa nature avait d'un peu féminin. Mais M. Henry Roujon n'avait pas, je vous l'ai dit, les dons de l'avocat. A mesure qu'il plaidait sa cause, il la perdait. Les raisons de son refus attestaient une telle droiture et une telle délicatesse de conscience qu'elles charmaient le ministre sans l'ébranler. Au bout de quelques jours de lutte, le chef du bureau du cabinet dut céder et accepter de remplacer M. Larroumet. Évidemment, il connaissait moins les arts que les artistes, mais il avait l'esprit trop ouvert pour n'avoir pas, même sur les arts, l'information d'un homme cultivé. Qu'allait-il faire? Il ne fut pas tenté de prendre à son compte le mot charmant de J.-J. Weiss, qui, appelé par surprise à la même place, répondit : « Il y a d'abord les abus que je vais continuer. » M. Henry Roujon n'était pas homme à édifier sur des abus une fonction publique. Mais il avait en même temps trop d'expérience pour annoncer tout de suite un plan de réformes. Il se mit simplement à l'œuvre, avec la conscience d'un bon ouvrier qui ne veut pas être inférieur à sa tâche et, sans se laisser éblouir par les attraits de sa situation nouvelle, il s'efforça, tout d'abord, d'en mesurer les dangers, les responsabilités et les devoirs. La distribution des récompenses aux élèves de l'École des Beaux-Arts lui fut l'occasion, deux mois après sa nomination, non d'énoncer un programme, contre lequel sa prudence le défendait, mais d'affirmer une orientation. Il eut l'habileté d'être modeste. « Celui qui vous parle, dit-il simplement, est profondément pénétré de cette vérité, désormais banale, que les Beaux-Arts ne se dirigent pas. » Et, ayant résumé, dans cette seule phrase, toute sa profession de foi, il n'avouait, et il n'avait, d'autre ambition que d'être un bon commis du gouvernement de la République au service des Beaux-Arts. Il fut un commis excellent.

Aux jalousies et aux rancunes qui ne lui pardonnaient pas son bonheur, il opposait la fidélité de dévouements illustres. On peut juger d'un homme par ses amis. M. Henry Roujon avait les amis qu'il méritait. Il en est de modestes, qui se sont trop discrètement condamnés à l'ombre, et qui n'ont pas rempli toute leur destinée, mais combien furent précieux à M. Henry Roujon leur affectueuse sollicitude, leurs encouragements et leurs conseils! Il en est de célèbres, et même de très grands, dans les lettres, dans les arts et dans la politique. Je n'en citerai qu'un, parce que ne pas nommer celui-là, ce serait taire l'influence la plus profonde que M. Henry Roujon ait reçue d'une autre intelligence. L'amitié de M. Anatole France, une amitié de jeunesse qui remontait aux temps anciens de la rue Chalgrin, et que les vicissitudes de la vie laissèrent intacte, flattait justement sa fierté. Quand il fut nommé aux Beaux-Arts, le maître écrivain le salua d'un article généreux et pénétrant. « Il a tout ensemble, disait-il, de l'ardeur et du jugement, de l'enthousiasme et du tact. J'ai admiré, en quelques rencontres, que, connaissant bien les hommes, il les aimât encore et leur voulût du bien. Tous ceux qui ont eu affaire à lui ont apprécié la bonne grâce et la sûreté de son commerce et cette aménité rare qui flatte sans tromper. »

Ce fut l'honneur de M. Henry Roujon de ne jamais tromper personne. Son administration s'exerçait au grand jour et les mécontentements auxquels sa fonction ne pouvait échapper ne dégénérèrent jamais en haines. On aimait la souplesse de son talent et on respectait l'impeccable correction qui présidait à tous ses actes, sans qu'il y eût jamais un dessous dans ses décisions. Appelé par le coup d'état d'une amitié clairvoyante à un poste qu'il n'avait pas désiré et auquel il se déclarait inférieur, il s'appliquait, avec une exceptionnelle puissance de travail, à s'égaler, par les conversations, les études et les voyages, aux devoirs de sa fonction. Il disait qu'il en était resté à Louis-Philippe, mais il se calomniait et il eût été désolé qu'on le prît injustement au mot. Pourtant certaines nouveautés le troublaient. Ses yeux et ses oreilles supportaient mal les audaces qui, en peinture et en musique, transformaient l'art. Comme il était loyal, il avouait ses déceptions ou ses craintes, mais, comme il était libéral, il ne gêna aucune initiative.

Ce fut surtout un administrateur ordonné, méthodique et d'une conscience scrupuleuse, dont la volonté réussit à faire aboutir des réformes que depuis M. de Chennevières on avait vainement tentées. Je n'entrerai pas dans leurs détails et je ne dirai même rien de tant d'heureuses initiatives prises par M. Henry Roujon, dans les écoles, dans les musées et dans les expositions. Elles relèvent de l'Académie des Beaux-Arts, qui, pour les reconnaître, l'appela au milieu d'elle en 1899 et en fit, en 1903, son secrétaire perpétuel. Cette dernière nomination le libéra d'un service public dont il avait fini par avoir une impatiente lassitude, au bout de nombreuses années remplies par un travail opiniâtre et tourmentées par les inévitables incidents que la censure ou l'administration des théâtres subventionnés lui avaient valus.

Il avait, successivement, ambitionné le Conseil d'État et la Cour des Comptes, qui lui furent toujours ravis, au dernier moment, par des candidats dont des raisons mystérieuses et impérieuses exigeaient que l'on récompensât les insuccès. Ces tentatives avortées d'évasion l'attristèrent. « Que l'on m'envoie siéger sous l'hermine, écrivait-il dans une lettre intime, ou je commettrai quelque monstruosité administrative, afin de forcer la bienveillance du gouvernement de mon pays. » Le Gouvernement fit la sourde oreille et M. Henry Roujon se garda bien de commettre la « grosse gaffe rêvée » dont il menaçait l'indifférence inattentive ou plutôt l'accablante confiance des pouvoirs publics.

Au fond, ce qu'il voulait, c'était écrire. Il répétait souvent le mot de Veuillot : « Ah! la littérature! Vous savez, mon Dieu, si j'ai aimé cette femme-là! ». Quand sa fonction lui fournissait l'occasion d'une causerie littéraire, il s'en donnait à cœur joie. Quoique je ne partage pas son admiration pour Pierre Dupont, qui eut son heure, mais sans lendemain, je ne sais rien de plus délicat, de plus ingénieux, de mieux senti, de plus ordonné, de plus poétique, de plus éloquent que le discours consacré en 1899 par M. Henry Roujon au chansonnier lyonnais. A la différence de Viennet pour la fable, il n'aurait pas dit qu'il excellait dans la notice, mais de même que pour la chronique, il se sentait pour ce genre, que rien jamais ne démode, une irrésistible vocation. Les notices qu'il a composées comme secrétaire perpétuel de l'Académie des Beaux-Arts dureront. Si une vie plus longue lui eût permis d'en étendre les sujets, il nous aurait laissé pour les arts un recueil semblable à celui que Fontenelle, le grand maître du genre, a consacré aux sciences. Leur variété n'exclut jamais leur aisance. M. Henry Roujon passe sans effort, avec la grâce souriante d'un don naturel, d'un peintre à un sculpteur et d'un sculpteur à un musicien. Il encadre l'artiste dans son époque, qu'il fait revivre, et telles pages sur Verdi ont la force d'une évocation historique.

La formule que M. Henry Roujon donnait à l'existence, « aimer et comprendre », fut le secret de sa vie, de son talent et de son bonheur. Il disait qu'on ne voit bien que ce que l'on aime, mais comme il voyait, et comprenait, et exprimait ce qu'il aimait! L'expérience des affaires et la pratique de la vie publique avaient développé sa compréhension, sa clairvoyance et son indulgence. Il avait trop bien vu l'histoire qui s'était faite devant lui pour ne pas apporter à l'étude de l'histoire d'hier des yeux mieux ouverts et plus pénétrants. La comédie humaine lui avait révélé ses secrets ressorts et ses dessous. Il avait observé dans les mondes si divers qui s'agitaient au fond de son cabinet ou aux alentours le jeu des passions et le conflit des intérêts. Ces spectacles, sans le rendre sceptique, lui avaient inspiré un jugement plus équitable. Quand il disait que trente ans passés dans les couloirs de la vie publique font de vous, *volens nolens*, un petit vase d'iniquités, il y avait évidemment un peu de hâblerie gasconne dans ce défi à la vertu, mais il ne put redevenir tout à fait le justicier, parfois sévère, qu'il avait été dans l'âge heureux de l'inexpérience et des illusions.

M. Henry Roujon sut parfaitement organiser sa vie, qu'il partagea entre ses fonctions de secrétaire perpétuel de l'Académie des Beaux-Arts, ses occupations littéraires et sa famille. Il ne rougissait pas d'être un bourgeois. Exaspéré par les paradoxes de Flaubert, dont il préférait le génie aux méthodes de travail et aux préceptes, il avait écrit un jour : « Réussir sa destinée, c'est aussi un chef-d'œuvre. Lutter, espérer et vouloir, aimer, se marier, avoir des enfants, en quoi cela, aux yeux de l'Éternel, est-il plus bête que de mettre du noir sur du blanc, froisser du papier et se battre des nuits entières contre un adjectif? Sans compter qu'on souffre mille morts à ce jeu stérile et qu'on y escompte sa part d'enfer. *Va donc, et mange ton pain en joie avec la femme que tu as choisie.* Ce n'est pas un bourgeois qui a dit cela, c'est l'Ecclésiaste, un homme de lettres, presque un romantique. »

M. Henry Roujon mangeait son pain en joie avec la femme distinguée qu'il avait choisie et qui lui a voué un vrai culte, avec sa charmante jeune fille qu'il adorait et avec son fils dont le *Carnet de route* atteste un soldat et un écrivain également dignes du nom qu'il porte.

Mais cette heureuse famille, à laquelle il devait ses joies les plus pures et les plus chères, ne l'empêchait pas de mettre du noir sur du blanc. L'Ecclésiaste n'a donné ni le conseil ni même l'exemple de ne pas écrire, et M. Henry Roujon mit pendant dix ans assez de noir sur du blanc pour que ses chroniques réunies aient pu former trois volumes : *Au milieu des Hommes*, *La Galerie des Bustes* et *En Marge du Temps*, qui sont le meilleur de son esprit, de son talent et de son cœur. Il y a dans ces trois livres les premiers éléments et comme les essais dispersés des *Mémoires* de l'auteur: M. Henry Roujon avait été mêlé à trop de mondes et il avait fréquenté trop d'hommes illustres pour ne pas s'en souvenir. Le culte de l'amitié et la vertu de la reconnaissance s'associaient chez lui à un don d'observation exceptionnel et à une prodigieuse mémoire. On peut dire qu'il n'oubliait plus ce qu'il avait une fois vu, lu ou entendu. Aussi ses bustes, qui me paraissent d'une ressemblance frappante, sont-ils extrêmement vivants. J'ai assez connu quelques-uns de ses modèles, comme M. Spuller, M. Goblet ou M. Raymond Poincaré, pour rendre au portraitiste ce témoignage qu'il n'a, ni au moral, ni au physique, rien négligé de leurs traits essentiels. Des amis de M. Henry Roujon, qui analyse leurs livres ou leurs tempéraments, traversent et remplissent d'autres pages : Leconte de Lisle, Alexandre Dumas fils, Guy de Maupassant, Villiers de l'Isle Adam, Stéphane Mallarmé. L'histoire littéraire devra beaucoup à ces essais où il y a de la finesse, du bon sens et de la raison impartiale. Ailleurs, ce sont des impressions vivantes, alertes, profondes, et qui souvent sortent de France, sur les événements, les hommes et les œuvres.

M. Henry Roujon saisit avec une vive promptitude d'esprit l'actualité qui passe, mais, la saisissant, il la fixe. Il excelle à ramener vers des vérités durables les incidents les plus éphémères. Sa philosophie est souriante et indulgente. Il n'est méchant qu'aux méchants et s'il se souvient d'avoir été une abeille, c'est pour travailler avec joie, parmi les souffles du ciel et les parfums que répandent les lis des coteaux. Ses immenses lectures lui ont donné une érudition aisée dont la sûreté lui permet de se promener sans effort à travers nos grands siècles, comme un conservateur, qui vit dans son musée, va, d'un pas allègre, d'une vitrine à l'autre. Ce lettré n'a rien d'un pédant ni d'un régent, mais comme il sait ses lettres! De même qu'en histoire il a affirmé la solidarité française au cours des âges, de même, en littérature, s'il accepte les nouveautés par crainte, comme M. Bergeret, d'outrager la beauté inconnue qui se cache dans l'obscurité de certaines audaces, il se rattache aux grandes traditions littéraires dont le romantisme, devenu classique à son tour, fait désormais partie. Il aime surtout les écrivains de clarté française, un Rabelais, un Montaigne, un Molière, un La Fontaine, un Sainte-Beuve. Comment, aimant ceux-là, peut-il se plaire aux ténèbres et aux hiéroglyphes dans lesquels s'est perdu le symbolisme? Il ne s'y plaît que par fidélité d'amitié ou par divertissement d'esprit, comme on s'amuse à déchiffrer une charade difficile. Il a trouvé dans Mallarmé un camarade sûr, un conseiller loyal, un confident discret, un hôte au souriant accueil. Il a goûté ses premiers vers, qui sont imagés, somptueux et clairs, mais, les autres, même s'il gagne la gageure de les comprendre, il ne saurait vraiment, au fond de lui-même, les admirer et les aimer. Quand Verlaine, traçant les règles d'un art poétique nouveau, a demandé « de la musique avant toute chose », le génial Lelian n'a pas voulu dire que la poésie dût se diluer dans des sons, et telle page de M. Henry Roujon prouve qu'il a lui-même trop de goût pour exiger ou pour attendre d'un art ce que seul un autre art peut donner.

Sa curiosité, toujours éveillée, s'étendait à tous les domaines que la littérature ou l'histoire peuvent embrasser. Il avait extrait de ses essais, sans chercher à leur donner une unité artificielle qui en aurait alourdi la grâce, un volume dont le titre : *Dames d'autrefois* suffit à dire le sujet. Cette galerie féminine offre la variété la plus divertissante. M. Henry Roujon n'en était pas, comme portraitiste de femmes illustres, à son premier essai. Il en avait déjà rencontré sur sa route, telle Mme de Maintenon, qu'il avait gravée, criante de vérité, dans une inoubliable eau-forte aux pénétrantes morsures. S'étant ainsi fait la main, il pouvait tout oser, et il osa. Certes il dessinait d'un trait délicat des figures idéales que la postérité respecte, mais il ne suffit pas d'être une dame célèbre pour être une femme vertueuse. Reines, actrices, romancières, poétesses, confidentes, M. Henry Roujon ne néglige aucune occasion ou aucun livre nouveau pour enrichir sa galerie. Sans qu'elle égale celle de Sainte-Beuve, unique en tout, sauf en poésie, et auquel il n'aurait pas accepté qu'on le comparât, elle est abondante et vivante, faite de contrastes où se complaisait la curiosité d'une psychologie à la fois intéressée et méfiante.

M. Henry Roujon n'était pas, au sens absolu du mot, un féministe. Je crois bien qu'il en était resté, pour la plus large part, à la philosophie de Chrysale. Il est vrai qu'en voulant à une femme des clartés de tout, Chrysale n'avait pas prévu qu'avec le progrès général des connaissances, de telles clartés suffiraient à remplir un gros dictionnaire. M. Henry Roujon se plaisait au commerce des femmes instruites, mais il redoutait les femmes pédantes. Il avait en tout le sens pratique, le tact, la juste mesure. Il définissait l'union de l'homme et de la femme « une harmonie par deux rythmes différents » et il faisait à la femme sa juste et grande part. « La force d'une race, disait-il aux élèves de Saint-Denis, se mesure aux vertus des femmes de cette race : la dignité d'une civilisation répond au rang qu'y occupent l'épouse et la mère... A la société de demain, véritable champ de bataille où les énergies devront se décupler, aux hommes qui livreront ces luttes redoutables, il faudra plus que jamais de tendres mères et des compagnes intrépides. »

Il a fallu, Messieurs, aux mères et aux femmes, pour soutenir la dure épreuve de quatre années de guerre, toute l'intrépidité que M. Henry Roujon leur souhaitait pour des batailles moins angoissantes. C'est l'honneur de la France, un honneur exempt de surprise, qu'attaquée dans son existence et dans sa liberté, elle ait trouvé des soldats et des femmes dignes de la grande cause qu'un adversaire férocement hypocrite menaçait en elle. Par leur dévouement, par leur ténacité confiante, par leur charité tendrement fraternelle, par l'héroïsme avec lequel elles ont supporté des sacrifices souvent plus douloureux que la mort, les femmes françaises, ont, elles aussi, bien mérité de la Patrie!

M. Henry Roujon, dont la santé était tourmentée depuis deux ans, sans que la maladie décourageât sa vaillance, mourut, la plume à la main, deux mois avant la déclaration de guerre. Il n'aura connu ni la brutalité de l'agression, ni les incertitudes de l'âpre et longue bataille, ni le splendide rayonnement de la victoire libératrice. Il appartenait à une génération brusquement surprise en pleine adolescence par les désastres de l'Année Terrible et par l'insurrection de la Commune. Elle en était restée meurtrie et étonnée. Elle respirait mal dans une France vaincue qu'une mutilation sanglante avait amoindrie et, toute frémissante encore d'un passé tragique, troublée par les déchirements d'un pays violemment divisé contre lui-même, incertaine du lendemain, elle osait à peine lever les yeux vers le destin et lui porter le défi suprême.

M. Henry Roujon n'avait pas désespéré, mais il était inquiet des rêves prétendus humanitaires que l'Allemagne entretenait chez les autres pour mieux préparer chez elle la guerre dont elle attendait la domination du monde. Sa courageuse clairvoyance démêlait et dénonçait, à travers les hypocrisies germaniques, les dangers redoutables de la « chimère démente ». Il sentait venir l'orage. Il citait le mot profond de Vauvenargues : *la guerre n'est pas si onéreuse que la servitude.* Il rappelait aussi les avertissements de Henri Heine qui, négligés dans un autre temps, n'avaient rien perdu de leur force utile. Ce Prussien libéré prenait la peine de nous dire, pour nous mettre en garde contre la Prusse, que la déesse de la Sagesse conservait toujours dans l'Olympe, au milieu des divertissements des divinités, une cuirasse, le casque en tête et la lance à la main.

Trop entraînés vers un autre idéal, grisés des formules sonores d'un pacifisme décevant, nous avions déserté pour ces Dieux nouveaux, incertains et trompeurs, la sécurité des autels de la Vierge aux yeux d'azur et au cœur indomptable, fertile en sages conseils et gardienne vigilante des cités. Quel courage il nous a fallu, quelle patience, quelle résignation stoïque, quels efforts soutenus, quels longs et durs sacrifices, quelle foi agissante, pour réparer nos défaillances et pour nous armer, en pleine bataille, sous les coups répétés de l'ennemi, de cuirasses, de casques et de lances!

Nous avons vaincu, et magnifiquement. Mais nous n'aurions pas mérité pleinement notre victoire si nous n'en mettions pas à profit la double leçon. Le droit n'est rien sans la force et la force exige l'union.

M. Henry Roujon, dont le patriotisme avisé fut, en temps de paix, un apôtre fervent de la concorde nationale, a écrit cette belle pensée : « Les statues ne sont durablement belles que si les fils de la même mère peuvent les inaugurer sans s'outrager. »

Il faudra que tous les Français élèvent une statue à la France immortelle. Autour d'elle, ils seront sûrs de toujours s'aimer.

RÉPONSE

DE

M. MAURICE DONNAY

DIRECTEUR DE L'ACADÉMIE FRANÇAISE

AU DISCOURS

DE

M. LOUIS BARTHOU

Prononcé dans la séance du 6 février 1919.

MONSIEUR,

La dernière fois que j'ai vu Henry Roujon, c'était au printemps de 1914, dans le Midi, à Cannes, où il était allé raffermir sa santé ébranlée. Comme j'avais pénétré dans la moderne bâtisse qui, en face de la nouvelle jetée, sert de Casino à cette jolie ville de cures et de plaisirs, je l'aperçus debout, au milieu d'un grand nombre de gens dont la plupart étaient déjà assis devant des tables bien garnies de vaisselles, de cristaux et de fleurs. Il présidait un banquet organisé pour couronner les travaux d'un

Congrès de médecins. Le teint coloré, une lumière bleue dans le regard derrière le verre du lorgnon, il semblait avoir repris force dans la vie; il avait l'air joyeux. Je ne voulus pas le déranger; je n'allai pas lui serrer la main. Pouvais-je me douter que c'était le dernière vision que je devais emporter de lui? Quelques semaines après, il rentrait à Paris; quelques jours après, nous le conduisions au cimetière.

Henry Roujon appartenait à la génération qui eut vingt ans, lorsque la France, ayant achevé de payer une lourde indemnité de guerre, — cinq milliards, ce chiffre semble léger aujourd'hui, — les Allemands achevèrent d'évacuer le territoire. Sa jeunesse fut préoccupée par la question de savoir si le régime républicain s'établirait définitivement dans notre pays. Les luttes étaient ardentes : légitimistes, orléanistes, bonapartistes s'agitaient; mais le comte de Chambord faisait blanc de son drapeau et l'opposition se divisait assez pour que la République pût régner. Ce ne fut pas sans peine, ni tout de suite. Sous le ministère de Broglie, gardien de « l'ordre moral », bien des jeunes cœurs frémissaient d'impatience et d'indignation; la presse était bâillonnée; il fallait organiser la liberté. Époque singulière : dans les cours on chantait : *Vous n'aurez pas l'Alsace et la Lorraine*, et les *Cuirassiers de Reichsoffen*; dans tout le pays, on se préparait à la revanche; dans tous les salons, on parlait éperdument politique; à Paris, on se passionnait pour l'élection de M. Barodet contre M. de Rémusat; c'était le temps où Jules Simon, couronnant une rosière à Puteaux, s'écriait devant la jeune fille un peu surprise : « Le règne des voleurs et des courtisanes est passé! » Pour beaucoup de petits garçons naïfs — dont j'étais — ce mot magique : République! renfermait toutes les vertus, toute la liberté, toute l'égalité, toute la fraternité; il n'y aurait plus de criminels, plus de jouisseurs, plus de misère; personne ne mourrait de faim. Pourtant, ce n'est qu'au début de 1875 que l'Assemblée examina et vota les lois constitutionnelles et que le mot : République fut introduit dans les textes. Jusque-là, il en avait été écarté. Et ce fut alors qne Catulle Mendès fonda, pour la défense et illustration de la langue française, cette revue, la *République des Lettres*, dont Henry Roujon fut le secrétaire. Il en garda le goût d'être secrétaire des Lettres dans une République qu'il rêvait humaniste et athénienne. Il fit, comme tout le monde, ses intransigeances et ses irrévérences; mais ceux qui le jugeaient alors à gauche du présent ne se doutaient pas combien ce jeune homme lettré, artiste, intègre et patriote était à droite de l'avenir.

De l'idéal qu'il s'était fait de la République, dès son entrée dans la vie citoyenne, il conserva des principes élégants et fermes. Trente ans plus tard, s'il a pu écrire : « La vie qui m'a gâté à l'excès m'a permis de récolter plus que ma part des honneurs de ce monde », du moins il a honoré ces honneurs. Nommé directeur des Beaux-Arts, il apporta, dans l'exercice de ces hautes fonctions, la plus active intelligence et la plus vive probité; inaccessible au favoritisme, en garde contre les décisions hâtives, tâchant, entre le snobisme et la routine, à découvrir son devoir dans la confusion des écoles et dans les ébats des ambitions. Il estimait que le plus grand service qu'on pût rendre à la démocratie, c'était de l'affiner et de l'anoblir et qu'il fallait l'élever jusqu'à l'art et non pas abaisser l'art jusqu'à elle.

Une vie ainsi consacrée aux Lettres et aux Arts, de ce double amour, elle est tout embellie. Parisien de Paris et Gascon de Gascogne, Henry Roujon avait plus d'un accent de notre pays. L'expérience l'avait rendu éclectique; il savait comprendre, aimer, admirer, le dire et l'écrire.

Je me rappelle, un soir, dans sa bibliothèque, comme il causait avec quelques amis, l'on vint à parler d'Émile Faguet. Alors Henry Roujon se leva, prit, sans chercher, un livre sur un rayon, l'ouvrit, sans hésiter, à la page qu'il avait choisie dans sa mémoire puis, nous ayant lu un beau passage sur Rabelais, il referma le livre en disant : « Ne pensez-vous pas que l'homme qui a signé cette page est un écrivain? »

Mais les fonctions élevées, les dignités enviables absorbaient tout son temps et ne lui laissaient pas de loisirs pour son travail préféré. Henry Roujon me disait un jour avec quelque modestie, peut-être aussi quelque mélancolie, que le chroniqueur est l'écrivain éphémère par excellence. Mélancolie de Don Juan si, déjà grisonnant, il regarde la liste des mille et trois. Oui, Henry Roujon regrettant, vers la fin de sa vie, de n'avoir écrit que des articles de journaux et de revues me fait penser à son Don Juan qui, dans *Miremonde*, regrette de n'avoir pas su arrêter dans un beau lac le torrent de ses séductions.

Mais Henry Roujon était trop modeste. Ses articles, réunis en volumes, composent une œuvre véritable, parce qu'elle est l'œuvre d'un lettré érudit, fervent et délicat :

parce que, non seulement elle éclaire et résume quelques-uns des écrivains et des artistes de ce temps, mais aussi parce qu'elle est une résultante savoureuse de notre littérature; parce que l'essayiste qui nous entretient de Maupassant, de Leconte de Lisle, de Villiers de l'Isle Adam, de Stéphane Mallarmé sait aussi apprécier « la sagesse de Rabelais, la malice de Marot, la tolérance de Montaigne, le patriotisme des bourgeois de *la Ménippée*, la grâce de La Fontaine et l'ironie de Voltaire »; parce que toujours on sent en lui la plus confraternelle considération pour ceux dont l'idéal fut de bien écrire notre langue : amour des lettres, douces humanités, probité du métier, respect du langage, ces expressions reviennent, à chaque instant, sous sa plume.

Si, selon le mot de Vauvenargues, il faut avoir du goût pour avoir de l'âme, Henry Roujon avait de l'âme et les hommes qui ont de l'âme ne meurent pas tout entiers.

Six mois avant sa mort, il avait commencé d'écrire ses souvenirs, dans les *Annales Politiques et Littéraires*. Dès le seuil, il s'excusait de les commencer trop tôt; hélas! il les commençait trop tard : il n'a pu les achever. Une main pieuse a relié, par un large ruban noir, les quelques numéros où ont paru ces *Souvenirs* dans lesquels on retrouve toute la bonne humeur, la philosophie souriante, l'indulgente ironie, la verve méridionale et le tour parisien du chroniqueur. Au bas du dernier chapitre intitulé *Mes prisons* et au cours duquel Henry Roujon nous parle de ses professeurs aux lycées Napoléon et Saint-Louis, la même main pieuse a écrit deux dates au crayon : *17 mai 1914-1er juin*... puis le mot : *fin*. Et je ne sais rien de plus émouvant que ces simples dates au crayon, en face de la signature, au bas de la dernière phrase que l'écrivain a tracée. C'est une inscription sur une tombe.

Le hasard des remplacements académiques ne fait pas toujours paradoxalement les choses, Monsieur, puisqu'il vous a permis de nous parler d'un homme que vous connaissiez et de lui rendre le doux hommage de l'amitié. En outre, Henry Roujon et vous-même, Monsieur, représentez assez bien, par certains côtés, deux générations successives des hommes de la troisième République; et, de même que dans son admirable tableau de la France, Michelet, cet historien romancier et poète passe géographiquement par la Gascogne, pour arriver dans le Béarn, de même, il faut passer par la génération d'Henry Roujon pour arriver immédiatement et politiquement à la vôtre. J'entends bien qu'Henry Roujon fut avant tout un homme de lettres; mais il fut aussi un haut fonctionnaire et, comme tel, ne demeura pas étranger à la politique. Il en suivait les fluctuations avec un vif intérêt; il avait des goûts et des amitiés politiques. Vous, Monsieur, vous êtes avant tout un homme politique, mais avec des goûts et des amitiés littéraires. Enfin, Monsieur, Henry Roujon et vous, vous êtes deux illustrations de ce fait que, dans notre Société issue de la Révolution, en moins d'un siècle et par une évolution alerte, des gens très simples, très humbles, des gens du peuple peuvent, par leurs fils, faire de la petite bourgeoisie, par leurs petits-fils, de la grande bourgeoisie et même s'élever aux premiers emplois.

La ville d'Oloron-Sainte-Marie vous vit naître. Votre

arrière-grand-père exerça pendant quarante ans la fonction d'instituteur dans la même commune pyrénéenne où il fut remplacé par un de ses neveux qui fit, lui aussi, sans changer de commune, le métier d'instituteur pendant quarante ans. Votre père reçut une solide instruction primaire. Soldat de Crimée, blessé devant Sébastopol, après cette campagne il entra comme comptable à la Compagnie des Chemins de fer du Midi; puis il s'établit quincaillier à Oloron, où il se maria. On voit encore dans la principale rue de la charmante petite ville, la modeste maison où vous êtes venu au monde.

Votre grand-père maternel introduisit du sang champenois dans la famille jusque là exclusivement béarnaise de votre mère. Il était originaire des environs d'Épernay; le service militaire — on restait alors sept ans sous les drapeaux — l'appela en Béarn. Il était ouvrier forgeron et ne savait ni lire, ni écrire. Mais le père Noé avait voulu que sa fille fût élevée au couvent d'Oloron. Vos parents, Monsieur, ont désiré pour vous l'instruction à tous les degrés. Tout d'abord, vous fûtes confié, pendant cinq ou six ans, aux soins d'un consciencieux maître laïque. Sur les murs de son école, il avait appliqué des écriteaux portant ces mots : « Enfants, n'oubliez jamais 1870-1871 ! » En 1870, vous aviez huit ans. Les journaux ne donnaient pas alors de communiqués. C'étaient des dépêches officielles, de source administrative, qui renseignaient les populations. Votre père vous envoyait à la sous-préfecture copier ces dépêches collées sur le portail. Un matin, la dépêche fit connaître la capitulation de Sedan. Vous entendîtes votre père commenter l'affreuse nouvelle, à travers la rue.

de fenêtre à fenêtre, avec son voisin d'en face, marchand drapier et bonapartiste. Votre père était républicain; cette conversation entre deux marchands, gens simples et patriotes que leurs opinions séparaient mais qu'une même profonde douleur unissait, cette conversation fit sur vous une grave impression : vous ne l'avez jamais oubliée.

Si vos parents désiraient que leur fils fût très instruit, vous leur avez donné toute satisfaction : vous avez été un excellent élève. Au Lycée de Pau où vous subîtes l'internat, vous fîtes toutes vos classes, de la quatrième à la philosophie. En rhétorique vous eûtes le prix d'honneur du Lycée; en philosophie, un accessit au Concours général. Il faut dire ces choses : trop de personnes, de nos jours, sont enclines à croire que non seulement ces succès scolaires ne signifient rien, mais encore qu'ils préparent dans la vie les pires déceptions. Non, non, il ne suffit pas toujours d'avoir fait de mauvaises études, pour remplir plus tard une carrière brillante.

Mais vous aviez déjà du goût pour la politique et de l'admiration pour Victor Hugo, tant il est vrai que l'enfant est le père de l'homme. Chaque matin, un de vos camarades, externe, vous apportait *le Rappel*. A peu près vers la même époque, dans un acte charmant joué aux Variétés, Meilhac et Halévy nous montraient des rapports plus frivoles entre l'externat et l'internat. Dans *Toto chez Tata*, ce n'est pas *le Rappel* que l'externe riche apporte aux internes du collège où le chevaleresque gamin est enfermé. Il est vrai que la scène se passe à Paris et non à Pau. Là-bas, vous étiez plus sérieux; à quinze ans vous vous passionniez, sous les menaces du 16 mai, pour les libertés publiques. Car le régime était menacé à nouveau; il semblait qu'on fût revenu au temps de « l'ordre moral »: tout votre être se soulevait;vous exigiez que Mac-Mahon se soumît ou se démît, et votre imagination vous projetait à la Chambre, où vous faisiez bloc avec les 363!

De Pau, vous passez à Bordeaux où vous faites vos trois années de droit pour la licence et, chaque année, vous obtenez les deux premiers prix aux Concours. Série unique dans les annales de la Faculté de Bordeaux, depuis qu'elle existe, vous remportez les six premiers prix sur les six concours. C'est un record. Vous montriez déjà des dons singuliers pour la parole: de l'abondance, de la facilité, de l'improvisation. Vous n'avez pas été obligé de vous promener aux bords de la mer, avec des cailloux dans la bouche et de vous entraîner à couvrir de votre voix le bruit des flots. Vous n'aviez pas encore dix-neuf ans, lorsque vous fûtes appelé à faire votre première conférence, sous les auspices de la Ligue de l'Enseignement. Vous hésitiez. Ah! comme je vous comprends. Vous fîtes part de vos hésitations à votre père qui vous répondit avec un grand bon sens: « Va mon fils, on ne gagne que les batailles que l'on livre. »

De Bordeaux, vous venez à Paris pour faire vos études de doctorat. Votre thèse est couronnée... naturellement. Avec vous, il semble que c'est le contraire qui ne serait pas naturel. Vous êtes secrétaire de la Conférence des Avocats, sous le bâtonnat de Me Martini et vous faites de nombreuses conférences historiques ou littéraires, à Paris ou au dehors. En 1887, vous vous inscrivez au barreau de Pau, et vous donnez des articles remarqués à *l'Indépendant des Basses-Pyrénées*.

Dès lors, dans la carrière politique, vous progressez d'un pas rapide.

Vous êtes conseiller municipal de Pau à vingt-six ans, le plus jeune conseiller municipal; en 1889, après une campagne électorale devenue légendaire, vous êtes élu député d'Oloron, le plus jeune député républicain; en 1894, vous êtes ministre pour la première fois, le plus jeune ministre de la troisième République. C'est un record; décidément vous les collectionnez. Enfin, en 1918, vous êtes nommé académicien, un des plus jeunes académiciens, et le premier béarnais.

Car, dès que vous fûtes nommé, la question s'est posée pour vos compatriotes lettrés, dans leur joie et leur fierté régionalistes, de savoir si vous étiez ou non le premier enfant du Béarn qui siégeât parmi nous. Or vous avez failli avoir un prédécesseur, dans la personne de Joseph-Henri de Peyré, comte de Troisville ou Tréville, personnage pittoresque et charmant dont on regrette qu'Henry Roujon ne nous ait pas laissé un de ces portraits ou de ces bustes qu'il savait si bien faire. Son aïeul était bourgeois et marchand d'Oloron, et son père était le célèbre capitaine des Mousquetaires, immortalisé par Alexandre Dumas. Lui-même porta le mousquet, en qualité d'enseigne, dans la garde du Roi. Il aimait les armes, les femmes et les livres. Il fut soldat, amoureux et bibliophile. Les armes et les femmes le blessèrent, les livres le consolèrent. Il avait une bibliothèque fort belle qu'il légua aux Carmes déchaussés du faubourg Saint-Germain. Saint-Simon nous dit « qu'il fut accueilli à ses débuts dans le monde par des dames du plus haut parage, de beaucoup d'esprit et même de gloire, avec lesquelles il fut plus que très bien ». La mort d'Henriette d'Angleterre le frappa à ce point qu'il quitta presque aussitôt la Cour, pour se livrer aux études religieuses et philosophiques et même se jeter dans la dévotion. Bourdaloue fit sur sa retraite un de ses plus beaux sermons. Mais Joseph-Henri de Peyré ressemblait à son pays : comme l'État politique du Béarn, son caractère était formé sur la combinaison de la plaine et de la montagne : velours des pâturages, bouquets d'arbres, peupliers et saules, prairies, eaux courantes, et, tout près, la montagne, flancs abrupts, cimes neigeuses, eaux torrentueuses, noirs précipices. Après quelques années d'une vie solitaire, il revint à Paris, « fréquenta les toilettes ; le pied lui glissa ; de dévot il devint philosophe » et même se fit soupçonner d'être redevenu grossièrement épicurien ; puis il redevint solitaire, rentra dans la régularité et dans la pénitence. Mais, malgré ces vicissitudes, il ne se rapprocha jamais de la Cour, après qu'il l'eut quittée. Très lié avec les Jansénistes les plus célèbres, il était certainement plus port-royaliste que le Roi. Il fut élu membre de l'Académie française en 1704 ; mais Louis XIV refusa de sanctionner son élection. Et voilà bien votre chance, Monsieur. Ce prince, ennemi de la fraude mais ami de Versailles, lui pardonna sans doute moins son éloignement de la Cour que son attachement à Port-Royal.

Votre élection, Monsieur, a eu l'agrément de Monsieur le Président de la République. Entre 1894 et 1918 vous avez été neuf fois ministre; vous l'avez été aux Travaux publics, à l'Intérieur, à l'Instruction publique, à la Justice, aux Affaires Étrangères; vous avez eu votre cabinet boulevard Saint-Germain, place Beauvau, rue de Grenelle, place Vendôme, quai d'Orsay. Qu'est-ce que cela prouve? Sinon que vous avez une prodigieuse activité, une mémoire qui sort de l'ordinaire, des connaissances étendues, une curiosité générale, le souci des intérêts publics, une singulière faculté d'assimilation, et si, comme on l'a affirmé, le romantisme est l'impuissance à s'adapter au milieu, vous n'êtes pas un romantique, Monsieur, vous êtes un classique. Ces dons de travail, de compréhension vive et d'application que vous montriez déjà au Lycée et à l'École de Droit, vous les avez employés, déployés dans les différentes Administrations. Et puis vous êtes avocat; rien n'est plus propre, de nos jours, que cette profession à préparer les hommes aux affaires publiques. Dans nos grandes Assemblées, comme dans nos moindres banquets, nous aimons entendre bien parler. C'est l'effet d'un atavisme lointain. Admirez qu'étymologiquement, avocat signifie appelé auprès, appelé à, *ad-vocatus*. Mais appelé auprès de qui? appelé à quoi? Cela reste dans le vague et dans l'universel; donc appelé auprès de tous, et à tout. Parmi ceux qui prennent la parole, dans une réunion électorale ou autre, un avocat a bien des chances d'être celui qui parle le mieux. S'il est député ou ministre, dans un régime démocratique, son rôle peut être vraiment magnifique. C'est alors qu'il est appelé auprès de tous, qu'il doit défendre toutes les veuves, tous les orphelins, tous les opprimés, toutes les victimes, dénoncer tous les privilèges, poursuivre tous les abus. Son client, c'est le peuple tout entier, le peuple qu'il doit conseiller, enseigner, et protéger contre la misère, l'ignorance et les sophismes. Vous aimez le peuple; vous en êtes sorti; du moins vous en êtes tout près; vous n'en rougissez pas; vous vous en glorifiez même et vous avez raison. Lorsque vous êtes arrivé au pouvoir, la République n'était plus obligée de lutter pour se fonder et pour se défendre; elle était bien établie et il s'agissait de l'organiser en démocratie véritable. Vous y avez collaboré avec vos collègues par les lois sur les Syndicats professionnels, sur les Accidents du travail, sur les Caisses de retraites ouvrières et paysannes, etc. Mais n'est-il pas étonnant que, chez nous, il ait fallu la grande guerre pour qu'on prît des mesures contre l'alcoolisme, cet autre fléau? Et, malgré ces mesures, la question sera-t-elle résolue, tant que l'air et la lumière ne pénétreront pas, non seulement au figuré, mais au propre, dans les habitations ouvrières? L'air et la lumière, cela ne coûte pas cher pourtant; nous ne sommes pas tributaires de l'étranger, pour les importer en France. On voit encore à Paris et dans les grandes agglomérations des logements dont l'exiguïté et l'ombre désolent l'hygiène et navrent le cœur. Parfois, dans une chambre de quelques pieds carrés, prenant maigrement jour par une étroite lucarne sur une sorte de puits, toute une famille respire, mange et dort. Ce n'est pas votre faute, Monsieur, je le sais bien. Mais, à l'heure où tant de problèmes sociaux se soulèvent, où le conflit entre le capital et le travail va s'aggraver, seule la stabilité ministérielle n'apportera pas la solution; il faudra que, dans la grande paix, il se forme virtuellement entre toutes les classes, par bonne volonté réciproque, la ligue des droits et des devoirs de l'homme et qu'il s'élève, dans les classes heureuses, l'esprit de sacrifice et de reconnaissance. Vous avez cité quelque part ces lignes qu'écrivait Sully-Prud'homme au lendemain des événements de 1871. « Pour moi, rêveur débile, je suis honteux; je sens que je jouis des fruits d'une injustice ancienne et constitutionnelle, dont les gens de ma classe n'ont pas conscience, mais dans laquelle je sais lire maintenant. J'apprendrais ma ruine avec le chagrin de l'égoïsme, mais sans avoir l'impudeur de m'en plaindre, puisque je ne dois pas ma fortune à mon travail. Si nous n'avons pas l'énergie, ayons au moins la sincérité. » Il n'est pas nécessaire d'aller jusqu'à la ruine et il faut avoir de l'énergie; mais le noble poète donne l'exemple d'une sincérité et d'une résignation qui, si elles étaient généralisées, feraient avancer d'un grand pas la question sociale.

Mais vous n'êtes pas exclusivement un homme politique; vous avez, pour vous distraire des soucis du gouvernement, des domaines où vous faites d'intéressantes excursions. Vous aimez la musique; vous avez un culte pour Beethoven et, un jour, vous avez raconté aux jeunes élèves des *Annales* la vie et le martyre du Titan de l'harmonie, devenu sourd! vous leur avez dit votre émotion devant la *Symphonie avec chœurs* et la *Messe solennelle en ré*.

Vous aimez aussi les poètes : parfois, vous leur témoignez votre amour, en commentant leurs amours. Vous avez une passion et vous ne nous la cachez pas : vous êtes bibliophile ; vous l'êtes avec toute les subtilités et tous les raffinements. Il vous faut le rare et le rarissime : l'édition originale, le grand papier, la belle reliure signée, la dédicace pas banale et, si possible, des lettres se rapportant à l'ouvrage. Vous nous mettez volontiers au courant de vos trouvailles, de vos bonnes fortunes, comme un jeune séducteur qui ne saurait taire le nom et la qualité de ses conquêtes. Vous n'êtes pas égoïste ; vous voulez que nous partagions votre ravissement ; vous nous faites venir l'eau à la bouche ; vous nous éblouissez des rayons de votre bibliothèque. Nous savons par vous-même que vous possédez tel exemplaire introuvable de Lamartine, tel autre de Victor Hugo. Je ne voudrais pas troubler votre joie ; mais ne craignez-vous pas d'exciter la convoitise de quelque amateur frénétique ?

En fait de manuscrits et d'autographes, vous avez des trésors. Vous avez dit de M. Edmond Biré qu'il était expert au jeu des petits papiers ; à ce jeu-là vous n'êtes pas sans adresse. Vous avez entre les mains bon nombre de lettres inédites de nos grands romantiques. Vous vous en servez volontiers pour discuter certains problèmes littéraires ou sentimentaux. Nous vous devons des renseignements précieux ; vous avez apporté sur quelques points votre contribution à l'histoire de notre littérature ; d'autres fois, vous avez soulevé le voile qui recouvrait certains mystères. Il ne faut pas trop se fier néanmoins aux correspondances ; des êtres ont pu échanger des lettres enflammées entre lesquels pourtant "il n'y avait rien", au sens où le vulgaire entend "y avoir quelque chose". On connaît la correspondance de Mme Roland : elle tutoie le girondin Buzot à plume que veux-tu. Cependant Sainte-Beuve qui n'était pas un jobard ne tient pas Mme Roland comme adultère : « tutoiement en partie cornélien, dit-il, en partie révolutionnaire ! » Parfois des créatures amoureuses, mais vertueuses et fortes, se donnent, par des exigences et des privautés surprenantes, l'illusion de l'amour complet et de la possession. En revanche, il peut arriver qu'un homme et une femme échangent des lettres pleines de correction et de réserve et qui, dans l'intimité, parlent d'un autre ton. Sait-on jamais ? Tant de choses peuvent se passer entre deux portes. Ah ! la postérité est bien frustrée ! Mais, direz-vous, il y a des lettres qui ne laissent aucun doute. Sans doute ; mais quels gens ces lettres intéressent-elles ? Les gens qui doutent ; mais la plupart des gens ne doutent pas, parce qu'ils ne se doutent même pas ! Est-il indispensable de mettre ces gens-là au courant des jeux de l'inspiratrice et du poète, de la muse et du génie ? Sans compter que dans certaines familles, il n'y a pas de prescription pour l'honneur. Il y a quelques années, un de mes amis faillit recevoir un jour une paire de témoins de la part d'un gentilhomme, parce que, sur la foi des documents, il avait parlé légèrement d'un de ses ancêtres qui avait été l'amant d'une des premières maîtresses de Molière. Je sais bien que d'aucunes femmes ne sont point fâchées qu'on leur reconnaisse ou même qu'on leur prête des liaisons glorieuses et que, dans plus d'une famille, on se montre moins chatouilleux sur le point d'honneur, si le larron d'honneur fut un personnage illustre. D'un autre côté, le monde est fort curieux : il aime les potins, ou si le mot ne vous paraît pas académique, disons le document humain. Il y a donc du pour et du contre ; il y a deux écoles et tout cela est bien compliqué. Mais, à mon avis, la question est autre. Et, au définitif, rend-on service à ceux qui ne savent pas, en leur tendant ainsi la clé, blonde ou brune, des poèmes d'amour ? Le jeune homme sans documentation qui lit ces chants divins peut avoir l'illusion qu'ils furent écrits pour la jeune fille ou la jeune femme auprès de laquelle il éprouve lui-même un trouble qu'il ne saurait exprimer. Trouvera-t-il ces chants plus beaux, s'il connaît quelle femme les a inspirés ? Ressentira-t-il, en les lisant, un frémissement nouveau ? Ne croira-t-il pas, s'il est discret, violer un secret ? Et ne vaut-il pas mieux laisser cette femme dans l'abstraction, dans le rêve, dans l'idéal, sans lui donner un nom, une biographie et des contours arrêtés ? Et vous-même, Monsieur, lorsque, adolescent enthousiaste, sur les bancs du lycée de Pau, vous vous enivriez de la *Tristesse d'Olympio*, votre ivresse n'était-elle pas meilleure que lorsque vous relisez maintenant ces vers immortels, en y mêlant une image concrète, réelle, et que vous ne pouvez pas repousser ? l'image d'une créature périssable que vous auriez pu connaître, que vous avez peut-être connue vieillie, fanée, ridée ! Vous êtes averti, renseigné, mais êtes-vous plus heureux et ne regrettez-vous pas parfois les illusions et l'ignorance de votre jeunesse ? Doux sentiments, premiers aveux, tendres émois, profondes amours, romans furtifs, craintes, espoirs, triomphes, douleurs, tout cela, parce qu'on est un grand homme, doit-il entrer dans le domaine public, et le poète qui a écrit : « Non, l'avenir n'est à personne » se doutait-il qu'un jour, son passé serait à tout le monde ?

Mais revenons à votre carrière politique. C'est en 1913 qu'étant ministre de l'Instruction publique et Président du Conseil, vous fîtes voter la loi de trois ans. Rien n'est plus significatif que la courbe de nos efforts militaires depuis l'avant-dernière guerre. En 1871, au lendemain de nos défaites, alors que les Allemands occupaient encore nos départements de l'Est, l'Assemblée votait une loi qui instituait le service obligatoire pour tous les Français de vingt à quarante ans. Cette loi donnait à la France une armée égale à l'armée allemande. Dès 1875, Bismarck offensé par notre réfection rapide et notre reconstitution quasi miraculeuse, prépare une agression nouvelle. Le chancelier de fer redoute que son œuvre ne dure pas ; il veut nous saigner à blanc. La Russie et l'Angleterre interviennent : la France est sauvée, dit-on. Quoi ! sans se battre ! Est-elle sauvée ? Ne demeure-t-elle par vaincue ? Vous disiez tout à l'heure, Monsieur, qu'Henry Roujon appartenait à une génération brusquement surprise, en pleine adolescence, par les désastres de l'Année Terrible et par l'insurrection de la Commune ; vous ajoutiez qu'elle en restait meurtrie et humiliée, et qu'elle respirait mal dans une France qu'une mutilation sanglante avait diminuée.

J'ai entendu plus d'une fois tenir ces propos et soutenir cette thèse. Mais est-ce bien exact ? Non, quelques années encore après l'année terrible, toute la jeunesse croyait fermement que c'était elle qui reprendrait les chères provinces perdues. Non, la France ne faisait pas si affligeante figure ; on n'y respirait pas mal. Ayant payé cinq milliards, elle avait nonobstant des finances prospères; son budget s'équilibrait; d'autre part, elle refaisait son armée et, ayant versé son sang, elle était toute prête à le répandre encore. Ce fut alors l'étonnement et la déception de plus d'un jeune Français d'avoir traversé le service actif et fait l'apprentissage de la guerre, sans que l'occasion se présentât pour lui d'en devenir l'ouvrier. Et quand dix ans, vingt ans se furent passés ainsi, surtout quand le service militaire atteignit des générations nées depuis la guerre, cette déception, sans cesse renouvelée, ne créa-t-elle pas chez un trop grand nombre de jeunes bourgeois cet esprit d'antimilitarisme et d'anarchie qui commença de souffler vers les années 1900? De même que la Commune était sortie de la capitulation de Paris, cette sorte d'anarchie n'était-elle pas née d'une patience assez prolongée pour ressembler à une acceptation, à une sorte de capitulation? L'espoir de la revanche s'estompait de plus en plus et même, chose grave! ce mot sacré : revanche, entrait dans l'ironie. Déjà, en 1889, sous des influences diverses, la loi militaire de 1872 avait été modifiée dans un sens égalitaire : la durée du service actif avait été réduite à trois ans, le volontariat aboli et toute exemption de service supprimée. Bientôt ce service de trois ans parut encore trop lourd à la nation et, en 1905, la loi de deux ans fut votée. Et c'était logique ou, plutôt, ce ne l'était pas. Pourquoi deux ans? Un an, six mois et même rien du tout, cela eût suffi, puisqu'au vingtième siècle, dans le train des découvertes merveilleuses, dans le mouvement d'une science édificatrice et guérisseuse mais qui, du jour au lendemain, pouvait devenir effroyablement meurtrière, il était bien entendu qu'on ne se battrait plus et que jamais l'homme ne se rencontrerait, le fou, le monstre, capable de déchaîner sur l'Europe et sur le monde le plus formidable cataclysme que le monde aurait jamais vu. Cet homme s'est trouvé pourtant, monarque adoré à l'égal d'un dieu par des hobereaux, des marchands, des philosophes sanguinaires et des savants des cavernes, avides d'hégémonie, de conquêtes et de rapines; peuple aux longs intestins qui préparait la guerre du ventre, cependant que, chez nous, les wagnériens de la politique qui n'avaient jamais voyagé en Allemagne, persistaient à croire que, de l'autre côté du Rhin, veillait sur la paix universelle Lohengrin, le chevalier au cygne, à l'armure étincelante, au cœur pur. Lohengrin! non, mais bien Ysengrin, la bête féodale, le loup méchant et perfide.

Tandis qu'en France, quelques-uns pensent à abolir même la loi de deux ans et à organiser des milices, au dehors, les événements menaçants se succèdent. En 1905, c'est le voyage du Kaiser à Tanger; en 1906, la conférence d'Algésiras; en 1908, l'annexion à l'Autriche de la Bosnie et de l'Herzégovine; en 1911, c'est l'envoi d'un croiseur au nom symbolique, le *Panther*, dans les eaux d'Agadir. Qui ne se souvient de cet été brûlant de 1911 où, pendant trois mois, le vent ne cessa de souffler de l'Est, nous apportant chaque jour les prétentions, la mauvaise foi, les querelles allemandes? où, pendant trois mois, chaque jour, plus d'un Français eut la sensation qu'un lourd Allemand lui marchait sur les pieds et, selon la pittoresque expression populaire, « le cherchait. » Mais l'Allemagne pouvait bien croire que la France ferait toutes les concessions plutôt que de prendre les armes. Sa population avait doublé depuis 1870, tandis que chez nous la natalité chaque année diminuait. En 1913, l'armée allemande appelait des classes nouvelles, augmentait ses effectifs, développait encore son matériel. Il était impossible de se méprendre sur les intentions de notre voisine tentaculaire. C'est alors que vint devant la Chambre la discussion de la loi de trois ans.

Deux théories étaient en présence. Les uns pensaient que la première bataille qui déciderait du gain de la guerre serait entre les deux armées actives. Par conséquent, contre l'accroissement des effectifs actifs de l'Allemagne, il suffisait d'augmenter notre seule armée active, en prolongeant d'un an la durée du service militaire. Les autres pensaient qu'il s'agissait moins d'augmenter notre armée active que de mettre, le plus rapidement possible, nos réserves en état de prendre part aux tout premiers combats. Vous fîtes vôtre la première doctrine et, comme orateur du gouvernement, vous eûtes à porter tout le poids du débat. Vous aviez des adversaires redoutables : M. Jaurès vous combattait. Au cours de cette discussion qui ne s'étendit pas sur moins de trois mois, vous êtes monté plusieurs fois à la tribune, pour défendre une loi qui, en votre âme et conscience de patriote, était nécessaire au salut de la France. Cette loi, vous l'avez défendue avec clarté, avec énergie, avec conviction, dans le heurt passionné des convictions contraires, dans la fièvre des partis, aussi contre l'aveuglement du parti-pris, contre l'utopie, contre une conception optimiste et généreuse de l'humanité mais qui demande l'accord de l'humanité. Vous apportiez devant la Chambre des chiffres, des constatations, des faits. Votre éloquence fut de l'action parlée. Vous avez vécu là les heures les plus hautes et les plus pathétiques de votre carrière politique. Président du Conseil, ministre de l'Instruction publique, orateur de la loi de trois ans, il vous fallait tout mener de front, faire face à tout. S'imagine-t-on tout ce que cela peut représenter de travail, d'endurance, de responsabilités, d'ardeur et de sang-froid, d'exaltation et de patience? C'est dans ces moments-là qu'un homme donne toute sa mesure. A cette époque, j'ai reçu de vous, un jour, quelques lignes sur votre carte, quelques mots seulement, mais qui en disaient long, non par le texte, mais par les signes, sur l'état de votre système nerveux : écriture hâtive, fébrile, qui traduit la préoccupation constante, l'excès de fatigue, les journées de vingt heures et les nuits sans sommeil. Hommes politiques, hommes publics, on vous plaint et vous-même vous vous plaignez parfois de connaître rarement les calmes retraites, les longues rêveries, la douce continuité des heures. Certes, vous avez désiré le pouvoir; mais, selon le mot de Lamartine, « il n'est pas vrai que la politique soit de l'ambition toujours; c'est la petite qui est de l'ambition, la grande est du dévouement. » Et, à cette époque encore, en pleine discussion de la loi militaire, je vous ai vu un soir, présider un banquet; les Gens de Lettres fêtaient le soixante-quinzième anniversaire de la fondation de leur grande Société. Georges Lecomte était à vos côtés. A l'heure des discours, vous vous êtes levé ». Quoi, pensais-je, épargnons-le, qu'il se ménage!»

Et j'ai admiré que, ce soir-là vous ayez pu parler, sans parcimonie et élégamment, pour dire votre amour des Lettres françaises et pour rendre hommage à Paul Hervieu.

Il n'y avait pas douze mois que la loi de trois ans était votée, quand, déjà, dans la nouvelle Chambre élue en mai 1914, un fort parti extrême essayait de la démolir. Mais la guerre éclata : nous avions heureusement des troupes de couverture.

Pendant la durée de la guerre, sauf à l'automne de 1917, un très court passage aux Affaires Étrangères, vous n'avez pas fait partie du gouvernement. Vous n'êtes pas pour cela resté inactif. Pouvez-vous demeurer inactif? Vous avez été un bon combattant de l'arrière. Dans vos conférences, discours ou écrits que vous avez réunis en volumes sous ces titres : *Lettres à un jeune Français, Sur les Routes du Droit, l'Heure du Droit,* vous vous êtes toujours montré tout plein de la plus ferme espérance; vous avez toujours affirmé une confiance qui prenait ses racines dans la justice de notre cause et dans l'accroissement continu de notre effort. Vous êtes allé faire de la propagande chez les neutres; vous les avez éclairés, ces neutres, sur les origines de la guerre, sur l'agression allemande, sur les mensonges allemands, sur les atrocités allemandes. Vous leur disiez ce qu'était, dame blanche, ouvrière ou paysanne, épouse, fille, sœur, marraine et mère surtout, la femme française, son dévouement, sa résignation, son travail, sa tendresse et sa douleur; vous leur disiez ce qu'était le soldat de la Marne, de l'Yser, de Verdun, de la Marne encore, sa patience et son cran, son endurance et son mordant, sa constance et son élan.

A la Sorbonne, vous dites l'effort des Alliés, et ce que nous devons à l'héroïsme et au sacrifice de la Belgique et de la Serbie, à la loyauté et à la fermeté de l'Angleterre, à l'irrédentisme de notre sœur latine, à la croisade des États-Unis. Vous ne sonnez pas les trompettes hideuses du doute et du défaitisme; mais les trompettes glorieuses de la victoire que vous sentez certaine. C'est que, plus d'une fois, vous êtes allé prendre contact avec les soldats bleus, dans la zone où l'on respire l'air vivifiant du front, où, depuis des mois et des mois, des milliers d'hommes vivent une vie surhumaine et comme dans un autre élément, et comme s'ils avaient approprié leurs organes et leurs sens à cet élément de boue, de fer et de feu. Vous ne savez trop dire votre admiration pour le soldat de la grande guerre et, en songeant à la fraternité sublime de tous ces frères d'armes, vous ne cessez de prêcher aux gens de l'arrière l'union sacrée. Ah! oui, puisqu'ils n'ont pas l'honneur de se battre, qu'ils aient du moins la pudeur de comprendre. L'union sacrée, vous y revenez sans cesse, au nom des combattants et des morts. Le mot de tolérance se trouve fréquemment sous votre plume, et à un moment même, vous avez un scrupule : ce mot de tolérance ne vous plaît pas tout-à-fait. Eh! oui : il faut toujours remonter à l'étymologie. Or, dans « tolérance », on voit un radical inquiétant d'où est sorti un verbe, *tollere*, dont l'impératif : *Tolle!* n'est pas précisément un cri d'apaisement et de mansuétude. *Tolle! enlevez-le! tuez-le!* le cri avec lequel des hommes envoient d'autres hommes au bûcher et à l'échafaud et le Fils de l'Homme sur la croix! Non, dites-vous, pas de tolérance, mais la liberté, le droit.

Vous êtes un libéral. Vous êtes partisan du libéralisme. Ce mot a fini par prendre, on ne sait pourquoi, un sens péjoratif : il est devenu synonyme de tiédeur calculée, de prudence craintive, et ce qui est pis, d'habileté. Je ne connais pourtant rien de plus beau que le libéralisme, s'il est ardent, sincère et, contre un sectarisme étroit, combatif; s'il est la compréhension générale et généreuse des hommes et des choses, s'il est la raison et la justice passionnées. A l'heure actuelle, nous n'avons pas le recul nécessaire pour mesurer toutes les dimensions matérielles et morales du tremblement de civilisation, du raz de barbarie qui a bouleversé et couvert le monde. Maintenant que nous sommes entrés, il faut l'espérer, dans la grande paix, pour les réfections nécessaires, c'est de ce libéralisme-là que la France aura besoin. Mais n'était-ce pas le libéralisme de l'homme que vous admirez entre tous : Lamartine?

C'est ce qui ressort du beau livre que vous avez écrit sur Lamartine orateur, et que vous avez dédié pieusement « à la chère mémoire de votre fils, Max Barthou, engagé volontaire dès les premiers jours de la guerre, à dix-huit ans, et tué à Thann par un obus allemand, le 14 décembre 1914 ». Ah! Monsieur, nous vous avons gravement compris lorsque, tout à l'heure, dans votre remerciement, vous nous disiez qu'en vous appelant parmi nous, nous vous avions donné la seule joie que vous puissiez désormais recevoir. Et si vous avez pu supporter avec courage ce deuil tout plein d'un honneur déchirant, c'est que, d'abord, comme tant d'autres pères, vous l'avez offert à la patrie, c'est qu'ensuite vous avez beaucoup travaillé. C'est un important ouvrage que ce livre écrit pendant la guerre, au milieu de vos autres occupations. Toute la vie parlementaire d'une époque y est retracée où, tour à tour, montaient à la tribune des hommes comme Thiers, Guizot, Berryer, Lamartine. Lamartine, ce nom musical, poétique, nous évoque surtout les *Harmonies* et les *Méditations;* mais c'est l'œuvre du grand orateur que vous avez voulu pénétrer. Les orateurs vous attirent : déjà, une autre grande figure, symboliquement ravagée celle-là, vous avait sollicité. Vous nous aviez donné sur Mirabeau une captivante étude; mais la figure plus sereine de Lamartine a votre prédilection.

Vous l'analysez et le résumez, orateur politique et orateur d'affaires. Vous le montrez à ses débuts, ayant à lutter contre la « prévention de poésie » sous laquelle on essayait de l'accabler. Ses adversaires le renvoyaient à ses hémistiches et il répondait : « Je ne sais si les peuples pourront jamais être gouvernés par les philosophes ; mais ce que je sais, c'est qu'ils se dégoûtent vite du gouvernement des tribuns. Que les peuples pourtant ne s'y trompent pas ! Tout gouvernement sans philosophie est brutal ; tout gouvernement sans poésie est petit ! » Vingt-quatre siècles auparavant, c'était, en ce qui concerne les philosophes, l'opinion de Socrate. Et le poète, dans les questions économiques ou industrielles, avait souvent des vues plus étendues et plus justes que les économistes et les savants. Quand fut discutée la question des chemins de fer, Arago faisait une certaine résistance : il craignait que les voyageurs, en sortant du tunnel de Saint-Cloud, ne fussent exposés à prendre des fluxions de poitrine, et il redoutait que le transport en wagons n'efféminât les soldats, déshabitués des grandes marches! Lamartine, lui, avait compris tout de suite la portée immense de la nouvelle invention. Il écrivait à Béranger : « Ceci est plus qu'une industrie : *c'est un sens qui pousse à l'homme.* » Les poètes ont des intuitions. Il voulait que les lignes principales fussent construites et exploitées par l'État. Il eût été partisan du rachat de l'Ouest.

Vous avez eu la bonne fortune, Monsieur, de trouver, dans des papiers inédits qui sont en votre possession, un projet de discours écrit tout entier de la main de Lamartine et qu'il devait prononcer à Mâcon vers 1840. Là, il faut vous féliciter et nous féliciter de votre passion pour les autographes. Il s'agit d'un papier magnifique. Dans ce discours, Lamartine, entre autres choses, donne une définition de la politique, d'une hauteur et d'une largeur incomparables. Il y faut les deux dimensions, car des idées hautes peuvent ne pas être larges, et des idées larges peuvent ne pas être hautes. Avec Lamartine, on est toujours sur les plateaux élevés et vastes, et c'est sur un de ces plateaux qu'il nous transporte, quand il dit : « La politique est la science des rapports des hommes entre eux, des nations entre elles ; c'est le mécanisme moral des sociétés humaines, au moyen duquel Dieu fait vivre les hommes en familles nationales et multiplie la force de chacun par la force de tous, crée des droits, impose des devoirs, transforme des instincts ignorants et égoïstes en patriotisme et en dévouement sublime, fait progresser l'humanité d'idées en idées, d'institutions en institutions et, donnant pour ainsi dire à chaque pays et à chaque siècle sa tâche et son rôle dans l'œuvre collective, lui demande d'apporter en tribut, à l'espèce humaine, un résultat, un progrès, un acte, une idée, une loi!... Toute politique qui ne contient pas ces deux idées morales : progrès et dévouement, n'est pas une politique. C'est une profanation... Non, la politique n'est pas seulement un art! la politique n'est pas seulement une science! c'est plus qu'un art, c'est plus qu'une science; c'est une vertu! C'est une vertu, car c'est un immense amour de notre Patrie et de l'humanité! C'est une vertu, car c'est un dévouement jusqu'au martyre pour le pays, pour l'espèce humaine au milieu de laquelle nous ne faisons que passer, mais à laquelle nous nous intéressons dans les siècles à venir et dans les générations qui ne sont pas encore nées! » La belle page! et ne faut-il pas en effet accueillir les poètes dans les Assemblées, s'ils sont capables d'y prononcer de telles paroles?

Et quelques-uns ont voulu voir dans Lamartine l'apôtre de la paix à outrance et du pacifisme quand même! Certes il défendait l'ordre social et le progrès du genre humain dans la paix; il avait été élevé par sa mère dans la haine de Napoléon; il voulait être, lui, l'homme de la paix, et il écrivait *la Marseillaise de la Paix*. Et il a dit un jour : « Je suis homme avant d'être Français, Anglais ou Russe (il n'a pas dit Allemand; ce n'est qu'un hasard mais il est heureux) et s'il y avait opposition entre l'intérêt du nationalisme et l'immense intérêt du genre humain, je dirais comme Barnave : « Périsse ma nation, pourvu que l'humanité triomphe! » Mais, quand il parlait ainsi, la France n'était pas menacée; et puis il pensait que « le patriotisme vrai est toujours d'accord avec l'intérêt vrai de l'humanité. » Vous vous êtes attaché, Monsieur, à nous montrer combien, le plus souvent, les prédictions, les prophéties de Lamartine avaient été justes. Il voyait dans la Prusse le dissolvant de l'Europe centrale; il prévoyait que l'unité de l'Allemagne, si elle s'accomplissait, serait la crise incessante et le danger de mort perpétuel pour la France. S'il avait pu voir cette unité accomplie, cette Prusse dure et détestée s'associer sa vieille, chère et sentimentale Allemagne, et cette association former un Empire qui, nous ayant vaincus, ne nous pardonnait pas nos défaites; et, dans cet Empire de proie, l'orgueil national grandir, grossir jusqu'à l'hyperbole et la monstruosité; s'il avait pu voir à nos portes la formidable machine de guerre, ramassée pour ainsi dire, sur ses ressorts d'acier, prête à bondir pour l'attaque brusquée, alors il aurait compris qu'il y a des pays où le patriotisme peut n'être pas d'accord avec l'intérêt de l'humanité, il ne se serait plus écrié :

Vivent les nobles fils de la grave Allemagne!

mais il serait monté à la tribune; il aurait été l'orateur de la loi de trois ans.

Paris — Typ. de Firmin-Didot et Cie, impr. de l'Institut, 56, rue Jacob. — 54557.

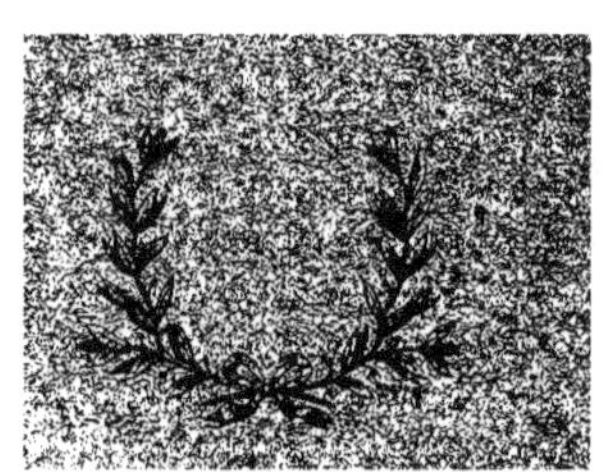

www.ingramcontent.com/pod-product-compliance
Lightning Source LLC
LaVergne TN
LVHW020045170826
845678LV00001B/441

* 9 7 8 2 3 2 9 6 8 6 3 7 0 *